CB129270

O *médico*
e o monstro

O *médico* *e o monstro*

ROBERT LOUIS STEVENSON

2ª edição

Tradução
Adriana Lisboa

EDITORA
NOVA
FRONTEIRA

© da tradução 2014, by Adriana Lisboa
Direitos reservados à Editora Nova Fronteira Participações S.A.

Direitos de edição da obra em língua portuguesa no Brasil adquiridos pela Editora Nova Fronteira Participações S.A. Todos os direitos reservados. Nenhuma parte desta obra pode ser apropriada e estocada em sistema de banco de dados ou processo similar, em qualquer forma ou meio, seja eletrônico, de fotocópia, gravação etc., sem a permissão do detentor do copirraite.

Editora Nova Fronteira Participações S.A.
Rua Nova Jerusalém, 345 – Bonsucesso – 21042-235
Rio de Janeiro – RJ – Brasil
Tel.: (21) 3882-8200 – Fax: (21) 3882-8212/8313

Imagem de capa: 14364719, duncan1890 / iStock
by Getty Images

CIP-BRASIL. CATALOGAÇÃO NA FONTE
SINDICATO NACIONAL DOS EDITORES DE LIVROS, RJ

S868m
Stevenson, Robert Louis, 1850-1894
O médico e o monstro / Robert Louis Stevenson ; tradução Adriana Lisboa. - 2. ed. - Rio de Janeiro : Nova Fronteira, 2014.
80 p.

Tradução de: The Strange Case of Dr. Jekyll and Mr. Hyde
ISBN 9788520934852

1. Romance escocês. I. Lisboa, Adriana. II. Título.

14-16135 CDD: 828.99113
CDU: 821.111(411)-3

História da porta

Mr. Utterson, o advogado, era um homem de fisionomia austera, jamais iluminada por um sorriso. Falava de maneira seca, desajeitada e sucinta. Era tímido quanto aos sentimentos; magro, alto, desinteressante e melancólico — mas, ainda assim, de certo modo cativante. Em encontros com amigos, e quando o vinho era de seu agrado, algo de eminentemente humano brilhava em seus olhos; algo que de fato nunca transparecia em sua fala e que se evidenciava não apenas na silenciosa simbologia do rosto após o jantar, mas com mais frequência e de maneira mais visível nas ações de sua vida. Era austero para consigo mesmo; bebia gim quando estava sozinho, para mortificar um gosto por vinhos finos, e, embora apreciasse o teatro, não entrava num fazia vinte anos. Tinha, porém, uma reconhecida tolerância aos outros, às vezes espantado, quase com inveja, diante da forte pressão do álcool envolvido em suas más ações, e inclinado, fossem quais fossem as circunstâncias, a ajudá-los mais do que a reprová-los. "Sou favorável à heresia de Caim", costumava dizer. "Deixo que meu irmão vá para o inferno à sua maneira." Por essa característica, era comum que sua sorte o levasse a ser a última relação respeitável e a última influência positiva nas vidas de homens em decadência. E enquanto frequentavam seus aposentos, sua conduta para com eles não sofria a mais sutil mudança.

Não havia dúvidas de que esse feito era simples para Mr. Utterson, pois ele era, na melhor das hipóteses, retraído, e até mesmo o sentimento da amizade parecia estar nele erigido sobre uma bondade igualmente universal. Um dos traços de um homem modesto é aceitar das mãos da oportunidade seu círculo de amizades já pronto, e assim fazia o advogado. Seus amigos eram seus próprios familiares, ou as pessoas que conhecia havia mais tempo; seus afetos cresciam com o passar do tempo, assim como a hera, e não pressupunham nenhuma adequação do objeto. Daí, sem dúvida, os laços que o uniam a Mr. Richard Enfield, um parente distante, homem bastante conhecido na cidade. Era um enigma, para muitos, o que aqueles dois podiam ver um no outro, ou que interesse poderiam ter em comum. Os que os encontravam numa de suas caminhadas dominicais contavam que nada diziam, que pareciam singularmente desanimados e que saudavam com evidente alívio um amigo que por acaso aparecesse. Não obstante, os dois homens tinham essas excursões em grande apreço, considerando-as o ponto alto da semana, e não apenas deixavam de lado programas mais prazerosos, como se desligavam até mesmo dos negócios, para que delas pudessem desfrutar sem ser interrompidos.

O acaso os levou, numa dessas caminhadas a esmo, até uma rua secundária numa parte movimentada de Londres. A rua era pequena; era o que se costuma chamar de rua tranquila, embora nos dias de semana o comércio florescesse ali. Os moradores eram bastante prósperos, ao que parecia, e todos com aspirações competitivas de prosperar ainda mais. Exibiam o excedente de seus lucros em coqueteria, de modo que as vitrines das lojas sucediam-se ao longo da rua com um ar convidativo, como fileiras de vendedoras sorridentes. Até mesmo no domingo, quando escondia seus encantos mais ostentosos e ficava comparativamente vazia, a rua fulgurava em meio à vizinhança sombria como um incêndio numa floresta. Com as venezianas recém-pintadas, os detalhes de metal bem-polidos e o aspecto geral de limpeza e esplendor, atraía e seduzia de imediato o olhar dos passantes.

Duas casas depois de uma esquina, no lado esquerdo da rua e na direção leste, a fila era interrompida pela entrada de uma passagem estreita; nesse mesmo lugar, certa casa sinistra e de ângulos retos projetava sua empena sobre a rua. Tinha dois andares de altura e nenhuma janela — havia apenas uma porta no andar inferior; o superior exibia uma fachada cega e de pintura desbotada. A casa tinha todas as características de um prolongado e sórdido abandono. A porta, que não tinha campainha ou aldrava, era coberta por tinta que descascava e desbotava. Vagabundos ficavam largados por ali e acendiam fósforos nas almofadas da porta; crianças brincavam nos degraus; um menino riscara com uma faca as cornijas. Por quase uma geração ninguém aparecera para expulsar aqueles visitantes eventuais ou para reparar os estragos que faziam.

Mr. Enfield e o advogado estavam no outro lado da rua, mas quando se depararam com a entrada o primeiro ergueu sua bengala e apontou:

— Por acaso já havia reparado naquela porta? — perguntou, e seu companheiro respondeu-lhe afirmativamente. — Em minha memória — acrescentou ele —, está ligada a uma história bastante insólita.

— É mesmo? — perguntou Mr. Utterson, com uma ligeira alteração no tom da voz. — E qual é essa história?

— Bem, foi assim que ocorreu — respondeu Mr. Enfield. — Eu voltava para casa, vindo de algum lugar no fim do mundo, aproximadamente às três horas de uma escura madrugada de inverno. Meu caminho atravessava uma parte da cidade onde não havia literalmente nada à vista, exceto lampiões. Rua após rua, e todos dormindo; rua após rua, todas iluminadas como se fosse passar ali uma procissão e todas vazias como uma igreja. Até que por fim ingressei naquele estado mental em que um homem aguça os ouvidos e começa a desejar ver um policial. De súbito, divisei dois vultos: um deles era o de um homem baixinho que vinha andando com passos rápidos e pesados na direção leste; o outro, de uma menina de uns oito ou dez anos, que corria o mais depressa que podia por uma rua transversal. Bem, os dois naturalmente deram um encontrão ao chegar à esquina, mas aí vem a parte terrível da história: o homem pisou calmamente no corpo da menina, deixando-a no chão, aos prantos. Contando, não parece grande coisa, mas vê-lo foi horrível. Ele não parecia um homem; era mais como alguma força destruidora. Gritei-lhe qualquer coisa, saí correndo e agarrei o cavalheiro, trazendo-o de volta ao local onde já havia um pequeno grupo reunido em torno da menina, que berrava. Ele estava inteiramente calmo e não opôs qualquer resistência, mas me lançou um único olhar, tão feio que comecei a suar. As pessoas que haviam aparecido eram os familiares da menina; logo em seguida o médico, a quem ela havia ido chamar, surgiu também. Bem, a criança não estava tão mal assim; havia sido mais um susto, de acordo com o médico, e o esperado era que tudo fosse acabar ali. Havia, no entanto, um detalhe curioso. Eu fora tomado de uma profunda aversão por aquele cavalheiro à primeira vista. A família da menina também, o que não era de se estranhar. O que me intrigou, porém, foi o caso do médico. Ele era um farmacêutico dos mais comuns, e não aparentava idade ou cor específicas; tinha um forte sotaque de Edimburgo, tão emotivo quanto uma gaita de foles.

Bem, meu senhor, ele era como nós; cada vez que olhava para o meu prisioneiro, eu via aquele cirurgião empalidecer, enlouquecido pela vontade de matá-lo. Sabia o que ele tinha em mente, assim como ele sabia o que eu tinha. Como matar estava fora de questão, tivemos que nos contentar com outra opção melhor: dissemos ao homem que podíamos e iríamos fazer tamanho escândalo em torno daquilo que sua reputação ficaria arruinada de um lado a outro de Londres. Se ele tivesse amigos ou crédito, asseguramos a ele que iria perdê-los. E o tempo todo, enquanto o ameaçávamos veementemente, mantínhamos as mulheres o mais afastadas possível, pois elas haviam se transformado em verdadeiras harpias. Jamais vira um círculo de rostos tão cheios de ódio. E lá estava o homem no meio delas, com uma espécie de calma soturna e escarnecedora. Assustado, sim, como eu podia ver, mas enfrentando a situação, meu senhor, como o próprio Satã. "Se quiser tirar proveito desse acidente", disse ele, "sem dúvida que nada poderei fazer. Nenhum cavalheiro gosta de enfrentar escândalos. Digam qual é o seu preço". Bem, conseguimos arrancar dele umas cem libras, para dar à família da menina. Ele obviamente teria aguentado sem ceder, mas nosso grupo parecia mesmo disposto a prejudicá-lo, e por fim ele cedeu. O passo seguinte foi apanhar o dinheiro. Aonde o senhor acha que ele nos levou, se não àquela casa com a porta? Ele sacou uma chave, entrou e logo em seguida voltou com dez libras em ouro e um cheque do Coutts no valor da diferença, ao portador, assinado com um nome que não posso mencionar, embora seja um dos pontos altos da minha história. Mas era um nome no mínimo bastante conhecido e frequentemente impresso nos jornais. A cifra era elevada, e a assinatura teria muito prestígio, se fosse genuína. Tomei a liberdade de salientar ao cavalheiro que toda a transação parecia apócrifa e que, na vida real, um homem não entra pela porta de um porão às quatro da manhã e sai dali com um cheque de outro homem no valor de quase cem libras. Mas ele estava bem calmo, com um riso sarcástico no rosto. "Fique tranquilo", disse. "Posso ficar em sua companhia até a hora da abertura do banco, e desconto eu mesmo o cheque." Assim, fomos embora dali, o médico, o pai da menina, nosso amigo e eu; passamos a noite em minha casa. No dia seguinte, após o café da manhã, fomos todos juntos ao banco. Eu próprio fui descontar o cheque, dizendo ter todos os motivos para acreditar que fosse falso. De jeito nenhum. O cheque era genuíno.

Mr. Utterson estalou a língua em desaprovação.

— Vejo que sente o mesmo que eu — disse Mr. Enfield. — Sim, é uma história horrível. Pois esse homem era um sujeito que ninguém conseguia suportar, um homem realmente detestável. E a pessoa que assinou o cheque era da fina flor, e muito célebre também. E, o que torna tudo ainda pior, é um daqueles tipos que fazem o que chamam de "bem". Extorsão, creio eu; um homem honesto pagando os olhos da cara pelas extravagâncias de sua juventude. A Casa da Extorsão é como chamo, consequentemente, aquele lugar com a porta. Embora até mesmo isso, como sabe, esteja longe de explicar tudo — acrescentou, e com essas palavras assumiu um ar meditativo.

Mr. Utterson despertou-o de seus devaneios perguntando, de maneira um tanto súbita:

— E você não sabe se o homem que fez o cheque mora aqui?

— Um lugar bem apropriado, não? — respondeu Mr. Enfield. — Mas acontece que reparei em seu endereço; ele mora numa praça qualquer.

— E nunca perguntou sobre... sobre essa casa com a porta? — quis saber Mr. Utterson.

— Não, senhor. Tive a gentileza de não fazer isso — foi a resposta. — Tenho uma opinião bem definida quanto a fazer perguntas; é um gesto por demais parecido com o dia do julgamento. Fazer uma primeira pergunta é como atirar uma pedra. Nós ficamos sentados em silêncio no alto de um morro, e lá vai a pedra atingindo outras pessoas. Logo aquele sujeito tão afável, o último em que teríamos pensado, é atingido na cabeça em seu próprio quintal, e a família tem que mudar de nome. Não, senhor, essa é uma regra que sigo: quanto mais sinais de problemas vejo, menos perguntas faço.

— É sem dúvida uma boa regra — disse o advogado.

— Andei, porém, estudando o local por conta própria — continuou Mr. Enfield. — Mal parece uma casa. Não há outra porta, e ninguém entra por aquela que vimos, ou sai dela, exceto aquele cavalheiro da minha aventura, e muito esporadicamente. Há três janelas dando para o beco no primeiro andar; nenhuma no térreo. As janelas estão sempre fechadas, mas limpas. E há também uma chaminé de onde normalmente sai fumaça. Portanto, alguém deve morar ali. Por outro lado, isso não é tão certo assim; as casas são tão amontoadas naquele lugar que é difícil dizer onde termina uma e começa outra.

O par voltou a andar em silêncio por algum tempo, até que Mr. Utterson disse:

— Enfield, essa é uma boa regra.

— Sim, creio que seja — retrucou Enfield.

— Apesar disso, porém — continuou o advogado —, há um detalhe que gostaria de perguntar: quero saber o nome do homem que passou por cima da criança.

— Bem — disse Mr. Enfield —, não vejo o mal que isso poderia causar. O homem se chamava Hyde.

— Hm! — disse Mr. Utterson. — Como ele é, fisicamente?

— Não é fácil descrevê-lo. Há algo de errado com a sua aparência; algo desagradável, algo positivamente detestável. Nunca vi um homem com quem tivesse antipatizado tanto, e no entanto mal sei por quê. Deve ter uma deformação, em algum lugar; passa uma forte impressão de deformação, embora eu não saiba identificá-la. É um homem de aparência extraordinária, e no entanto não sou capaz de mencionar uma única característica incomum. Não, senhor; é inútil tentar. Não consigo descrevê-lo. E não é por me falhar a memória, pois afirmo-lhe que sou capaz de visualizá-lo neste exato instante.

Mr. Utterson voltou a andar em silêncio por algum tempo; era óbvio que refletia acerca de alguma coisa.

— Tem certeza de que ele usou uma chave? — perguntou, por fim.

— Meu caro senhor... — começou Enfield, surpreso.

— Sim, eu sei — disse Utterson —, sei que deve parecer estranho. O fato é que, se não lhe pergunto o nome da outra pessoa, é porque já sei. Está vendo, Richard, sua história chegou ao fim. Se por acaso não foi exato em algum detalhe, é melhor se corrigir.

— Acho que o senhor poderia ter me prevenido — disse o outro, com um certo mau humor. — Mas fui exato às raias do pedantismo, como se costuma dizer. O sujeito usou uma chave; e mais, ainda está de posse dela. Eu o vi usá-la não faz uma semana.

Mr. Utterson suspirou profundamente, mas não disse uma palavra; seu jovem interlocutor recomeçou pouco depois:

— Aqui está mais uma lição: não dizer coisa alguma — falou ele. — Estou envergonhado de minha língua comprida. Vamos fazer um trato: jamais voltaremos a falar desse assunto.

— De todo o coração — disse o advogado —, estou de pleno acordo, Richard.

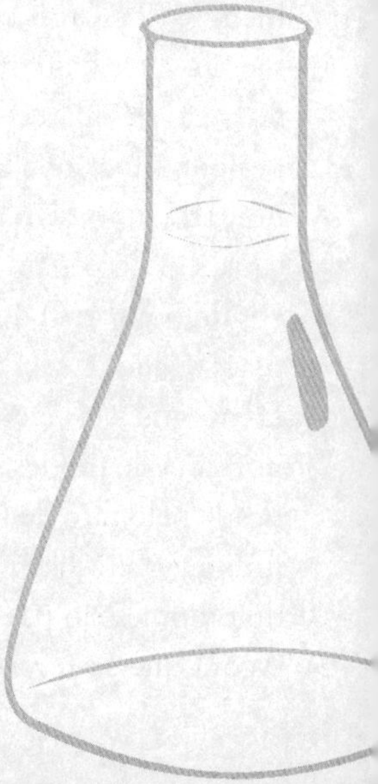

À procura de Mr. Hyde

Naquela noite, Mr. Utterson voltou para sua casa de solteiro num humor sombrio, e se sentou para jantar sem prazer. Aos domingos tinha o hábito de se sentar junto à lareira, após terminar a refeição, com um texto religioso em sua mesa de leitura. Quando o relógio da igreja mais próxima soava as doze badaladas, ele ia para a cama sóbrio e satisfeito. Naquela noite, porém, assim que a mesa foi retirada, apanhou uma vela e se recolheu ao escritório. Ali, abriu o cofre, apanhou da parte mais escondida um documento cujo envelope dizia "Testamento do dr. Jekyll" e sentou-se, o cenho franzido, para estudar o conteúdo. O testamento era hológrafo, pois Mr. Utterson, embora se ocupasse dele agora que estava pronto, havia se recusado a prestar qualquer auxílio à sua elaboração. Determinava não apenas que em caso de falecimento de Henry Jekyll, *medicinae doctor*, doutor em direito civil, doutor em ciências jurídicas, membro da Royal Society etc., todas as suas posses iriam para as mãos de seu "amigo e benfeitor Edward Hyde", mas também que, caso o primeiro viesse a "desaparecer ou ausentar-se de modo inexplicado por qualquer período superior a três meses de calendário", o citado Edward Hyde seria dono de tudo, sem maiores delongas e livre de qualquer ônus ou obrigação além do pagamento de pequenas quantias aos empregados domésticos do doutor. O documento era havia muito um objeto de aversão para o advogado. Ofendia-o como profissional e também como amante dos lados saudáveis e costumeiros da vida; para ele, os excêntricos pecavam por falta de modéstia. E, até o momento, essa indignação via-se intensificada pelo fato de não conhecer Mr. Hyde; então, subitamente, o que o indignava era saber quem ele era de fato. Já era ruim o suficiente quando o nome não passava de um nome sobre o qual nada podia descobrir. Agora que se revestira de atributos tão detestáveis, era ainda pior. Do nevoeiro vago e inconstante que por tanto tempo havia turvado sua vista, emergia o súbito e definido retrato de um demônio.

— Pensei que fosse loucura — disse ele, ao recolocar o detestável documento no cofre — e agora começo a temer que seja uma desgraça.

Com isso, apagou a vela, vestiu um sobretudo e saiu na direção de Cavendish Square, aquela cidadela da medicina, onde seu amigo, o ilustre dr. Lanyon, vivia e recebia seus numerosos pacientes. "Se alguém souber, esse alguém é Lanyon", pensara.

O empertigado mordomo o conhecia e o recebeu adequadamente. Não teve de aguardar, seguindo da porta direto para a sala de jantar, onde o dr. Lanyon estava sentado, sozinho, bebendo seu vinho. Era um homem cordial, saudável, vivo, de rosto vermelho, com um emaranhado de cabelos prematuramente grisalhos e um temperamento decidido e impetuoso. Ao ver Mr. Utterson, saltou de sua cadeira e veio recebê-lo, apertando-lhe as mãos. A cordialidade era nele um tanto quanto teatral de se ver, mas repousava sobre sentimentos genuínos. Os dois eram velhos amigos, colegas tanto de escola quanto de faculdade; tinham um profundo respeito mútuo, além de respeitarem-se individualmente cada um a si mesmo — e, o que nem sempre resulta daí, eram homens que gostavam muito da companhia um do outro.

Após conversarem um pouco sobre amenidades, o advogado abordou o assunto que o preocupava de maneira tão desagradável.

— Suponho, Lanyon — disse ele —, que eu e você devemos ser os amigos mais velhos que Henry Jekyll possui?

— Gostaria que os amigos fossem mais jovens — disse o dr. Lanyon, com um risinho —, mas creio que somos. E daí? Eu o vejo pouco hoje em dia.

— É mesmo? — disse Utterson. — Achei que vocês dois estavam unidos por interesses comuns.

— Estávamos, mas já faz mais de dez anos que Henry Jekyll se tornou excêntrico demais para mim. Sua mente começou a ir na direção errada e, embora eu continue a me interessar por ele em nome dos velhos tempos, como costumam dizer, o tenho visto pouquíssimo. Todo aquele palavrório nada científico — acrescentou o médico, corando intensa e subitamente — teria ofendido Damon e Pítias.

Essa demonstração de raiva trouxe um certo alívio a Mr. Utterson. "Só o que houve entre os dois foi alguma divergência de cunho científico", pensou; e como não era homem de paixões científicas (exceto no que dizia respeito aos documentos para transferência de imóveis), chegou a acrescentar: "Não é nada além disso!" Deu ao amigo alguns segundos para que se recobrasse, e então chegou à pergunta que fora até ali fazer:

— Por acaso já encontrou um protegido dele, um certo Hyde? — perguntou.

— Hyde? — repetiu Lanyon. — Não. Nunca ouvi falar. Desde os velhos tempos.

Foi essa a informação que o advogado levou de volta consigo para a ampla e escura cama na qual se remexeu de um lado para o outro até que a madrugada começou a escorregar manhã adentro. Foi uma noite de pouca tranquilidade para sua mente ativa, na escuridão absoluta e sitiada por perguntas.

Soaram as seis horas nos sinos da igreja que era tão convenientemente próxima à moradia de Mr. Utterson, e ele ainda estava ruminando aquele problema. Até então, a questão se restringira ao seu lado intelectual, mas agora sua imaginação também estava envolvida — ou, melhor dizendo, escravizada. Enquanto deitava-se ali na completa escuridão da noite e do quarto com cortinas, virando-se para um lado e para o outro, o relato de Mr. Enfield passava diante de sua mente como uma série de imagens. Visualizava o vasto campo de lampiões na cidade, à noite, depois o vulto de um homem andando ligeiro; em seguida, a criança que vinha correndo da casa do médico e o encontrão dos dois, após o qual aquela verdadeira força destruidora atropelava a menina, seguindo adiante sem se incomodar com seu choro. Ou então via um quarto numa casa luxuosa, onde seu amigo dormia, sonhando e sorrindo de seus sonhos; nesse momento, a porta do quarto se abria, as cortinas da cama eram afastadas, o amigo adormecido despertava e eis que ao seu lado, de pé, encontrava-se um vulto a quem fora conferido poder, e mesmo àquela hora morta ele seria obrigado a se levantar e fazer o que lhe ditava. O vulto, em ambas as fases, assombrou o advogado durante a noite inteira. Se em algum momento ele cochilava, era apenas para vê-lo se mover ainda mais furtivamente por casas adormecidas, ou seguir mais ligeiro, tão ligeiro a ponto de causar tontura, pelos labirintos amplos da cidade à luz dos lampiões, esmagando uma criança a cada esquina e deixando-a ali, aos prantos. E o vulto continuava sem um rosto a partir do qual pudesse reconhecê-lo; mesmo em seus sonhos, não tinha rosto, ou então era um rosto que o desconcertava, dissolvendo-se diante de seus olhos. Foi assim que na mente do advogado nasceu e avolumou-se bem rápido uma curiosidade singularmente intensa, quase descomedida, de contemplar o rosto do verdadeiro Mr. Hyde. Se pudesse pôr os olhos nele pelo menos uma vez, achava que o mistério talvez se iluminasse, ou mesmo se desfizesse, como de hábito acontece com as coisas misteriosas quando bem-examinadas. Talvez visse uma razão para a estranha preferência de seu amigo, ou servidão, ou o que fosse, e mesmo para a alarmante cláusula do testamento. Pelo menos, seria um rosto digno de nota: o rosto de um homem que desconhecia a compaixão — um rosto ao qual bastava que se mostrasse para despertar, na mente do pouco impressionável Enfield, um sentimento de duradoura aversão.

Desse momento em diante, Mr. Utterson começou a rondar a porta na rua transversal à das lojas. Pela manhã, antes do horário comercial; ao meio-dia, quando o movimento atingia seu máximo e o tempo era curto; à noite, sob o rosto da lua empalidecida pelo nevoeiro que se instalava sobre a cidade; sob todos os tipos de luz e em todas as horas, de movimento ou não, o advogado se encontrava no posto de observação escolhido.

"Se ele é Mr. Hyde", pensara, "então serei Mr. Seek."[1]

Por fim, sua paciência foi recompensada. Era uma noite agradável e seca; o ar estava frio, com a promessa de geada, e a rua, limpa como o chão de um salão de baile. Os lampiões, que nenhum vento fazia oscilar, projetavam um padrão regular de luz e sombra. Por volta das dez horas, quando as lojas já se encontravam fechadas, a rua transversal estava deserta e — a despeito do ruído baixo da cidade de Londres, ao seu redor — bastante silenciosa. Sons discretos se propagavam; barulhos domésticos no interior das casas eram nitidamente audíveis em ambos os lados da rua; o ruído de qualquer passante que se aproximasse precedia-o com bastante antecedência. Mr. Utterson estava em seu posto havia alguns minutos quando se deu conta de que passos estranhos e leves se acercavam. No curso de suas patrulhas noturnas, havia muito que se acostumara ao efeito singular causado pelos passos de uma pessoa sozinha, mesmo que ainda

---

1 Trocadilho com as palavras homófonas "Hyde" e "hide" (esconder-se), opondo-se a "seek" (procurar). (N.T.)

bem distante, destacando-se subitamente do vasto zumbido e tumulto da cidade. Ainda assim, sua atenção nunca antes fora atraída de modo tão intenso e decisivo. Foi com uma forte e supersticiosa previsão de sucesso que ele se recolheu na entrada do beco.

Os passos se aproximavam rapidamente e de súbito se fizeram mais fortes ao dobrar o final da rua. O advogado, espiando do beco, podia ver com que tipo de homem teria que lidar. Era miúdo e vestia-se de maneira simples; seu aspecto, mesmo àquela distância, era de algum modo repulsivo e assustador. Dirigia-se à porta, contudo atravessando a rua para ganhar tempo; ao se aproximar, tirou uma chave do bolso, como quem chega em casa.

Mr. Utterson se adiantou e tocou-lhe o ombro, quando ele passou:

— Mr. Hyde, eu suponho?

Mr. Hyde recuou, inspirando por entre os dentes, numa espécie de sibilo. Seu medo foi apenas momentâneo, porém; embora ele não fitasse o advogado no rosto, respondeu, sem se exaltar:

— É esse o meu nome. O que quer?

— Vejo que vai entrar — respondeu o advogado. — Sou um velho amigo do dr. Jekyll, Mr. Utterson, de Gaunt Street. O senhor deve ter ouvido falar de mim. Pensei que pudesse me deixar entrar, já que o encontro numa ocasião tão conveniente.

— Não vai encontrar o dr. Jekyll; ele não está em casa — replicou Mr. Hyde, o rosto baixo, soprando a chave. — Como o senhor sabia quem eu era? — perguntou subitamente, sem levantar os olhos.

— De sua parte — disse Mr. Utterson —, poderia me fazer um favor?

— Com prazer — replicou o outro. — Que favor é esse?

— Posso ver seu rosto? — pediu o advogado.

Mr. Hyde pareceu hesitar, mas então, como se tivesse refletido um pouco e chegado a uma conclusão, adiantou-se, com um ar de desafio; os dois homens olharam-se fixamente por alguns segundos.

— Agora terei como reconhecê-lo — disse Mr. Utterson. — Isso talvez venha a ser útil.

— Sim — retrucou Mr. Hyde. — Foi bom termos nos conhecido; e, *à propos*, fique com o meu endereço. — E lhe deu um número e o nome de uma rua no Soho.

"Meu Deus", pensou Mr. Utterson, "será que ele também andou pensando no testamento?" Mas guardou seus pensamentos para si, limitando-se a resmungar qualquer coisa em agradecimento.

— E agora — disse o outro — como o senhor sabia quem eu era?

— Através de uma descrição — foi a resposta.

— Descrição feita por quem?

— Temos amigos em comum — disse Mr. Utterson.

— Amigos em comum? — ecoou Mr. Hyde, um tanto rouco. — Quem são eles?

— Jekyll, por exemplo — disse o advogado.

— Ele nunca lhe disse — exclamou Mr. Hyde, ruborizando de raiva. — Não achei que o senhor fosse mentir.

— Vamos lá — disse Mr. Utterson —, essa linguagem não é apropriada.

O outro mostrou os dentes numa gargalhada selvagem; no instante seguinte, e com extraordinária rapidez, já destrancara a porta e desaparecera dentro da casa.

O advogado ficou ali de pé por algum tempo, depois que Mr. Hyde o deixou. Ele era o retrato da inquietude. Então, começou a subir a rua lentamente, parando a cada um ou dois passos e colocando a mão sobre a testa, como um homem em estado de perplexidade mental. O problema sobre o qual refletia enquanto andava pertencia a uma classe que raramente se soluciona. Mr. Hyde era pálido e pequenino. Dava a impressão de ser deformado, embora não tivesse qualquer anomalia visível. Tinha um sorriso desagradável. Comportara-se diante do advogado com uma espécie de combinação fatídica de timidez e audácia, e falava com uma voz rouca, sussurrada e algo entrecortada. Todas essas características eram negativas, mas mesmo reunidas não davam conta de explicar a repulsa, a aversão e o medo que Mr. Utterson passara a ter por ele.

— Deve haver alguma outra coisa — disse o cavalheiro, perplexo. — *Há* alguma outra coisa; se eu conseguisse encontrar um nome para defini-la. Que Deus me abençoe, esse homem nem parece humano! Tem algo de troglodita, poderíamos dizer? Ou será que é a velha história do dr. Fell? Ou será o mero transparecer de uma alma infame, que assim transfigura seu invólucro de barro? Creio ser a última opção. Ah, meu pobre e velho Harry Jekyll, se alguma vez li a assinatura de Satã sobre um rosto, foi sobre o de seu novo amigo.

Passada a esquina da rua transversal, havia um quarteirão de casas antigas e bonitas, mas a maioria já não tinha mais alto valor imobiliário, tendo sido transformada em apartamentos e quartos para homens de todos os tipos e condições — gravuristas que faziam mapas, arquitetos, advogados de reputação duvidosa e agentes de empresas obscuras. Uma das casas, porém — a segunda depois da esquina —, ainda não fora desmembrada; à porta dessa casa, que transmitia uma impressão de riqueza e conforto, mesmo que agora estivesse mergulhada na escuridão exceto pela claraboia, Mr. Utterson parou e bateu. Um criado mais velho, bem-vestido, abriu a porta.

— O dr. Jekyll está em casa, Poole? — perguntou o advogado.

— Vou ver, Mr. Utterson — disse Poole, conduzindo o visitante, ao falar, a um vestíbulo amplo e confortável, de teto baixo, com piso de lajes, aquecido por uma lareira aberta (como as das casas do interior) e mobiliada com caras estantes de carvalho. — O senhor aguarda aqui, junto à lareira? Ou devo acender uma luz na sala de jantar?

— Espero aqui, obrigado — disse o advogado, aproximando-se e se inclinando sobre o alto guarda-fogo.

Aquele vestíbulo, em que agora fora deixado sozinho, era um capricho de seu amigo, o médico; o próprio Utterson estava habituado a se referir a ele como a sala mais agradável de Londres. Naquela noite, porém, seu sangue estava gelado. Tinha o rosto de Hyde nítido na memória; sentia-se (o que era raro nele) nauseado e desgostoso com relação à vida. Em seu estado de espírito sombrio, parecia ler uma ameaça no reflexo das chamas nas estantes polidas e na forma como as sombras dançavam no teto. Envergonhou-se por se sentir aliviado quando Poole voltou, logo em seguida, e anunciou que o dr. Jekyll tinha saído.

— Vi Mr. Hyde entrar pela porta da antiga sala de dissecção, Poole — disse ele. — Será que isso está correto, já que o dr. Jekyll não se encontra em casa?

— Sim, Mr. Utterson — respondeu o criado. — Mr. Hyde tem uma chave.

— Seu patrão parece depositar um bocado de confiança naquele jovem, Poole — prosseguiu o outro, pensativo.

— Sim, senhor; de fato — disse Poole. — E temos ordens para lhe obedecer.

— Não creio já ter encontrado Mr. Hyde — disse Utterson.

— Ah, não, senhor. Ele nunca *janta* aqui — replicou o mordomo. — Na verdade o vemos muito pouco nesta parte da casa; ele normalmente entra e sai pelo laboratório.

— Bem, boa noite, Poole.

— Boa noite, Mr. Utterson.

E o advogado se pôs a caminho de casa com um grande peso no coração. "Pobre Harry Jekyll", pensou ele. "Alguma coisa me diz que ele está em maus lençóis! Era um sujeito rebelde quando jovem; isso já faz muito tempo. Mas na lei de Deus não há limitações. Sim, deve ser isto: o fantasma de algum antigo pecado, o câncer de alguma desgraça oculta. A punição chega, *pede claudo*, anos depois que a memória já esqueceu e o amor-próprio perdoou a falta." Assustado com o pensamento, o advogado meditou por algum tempo sobre seu próprio passado, vasculhando às apalpadelas todos os cantos da memória, com medo de que por acaso alguma antiga iniquidade lhe saltasse aos olhos, como que saída de uma caixa de surpresas. Seu passado era razoavelmente inocente; poucos homens poderiam ler os arquivos da própria vida com menos apreensão. Ainda assim, ele ficou arrasado com as muitas coisas ruins que havia feito, e se recompôs sentindo uma gratidão ainda mais apavorada e consciente pelas muitas coisas que estivera a ponto de fazer, mas que acabara evitando. Então, voltando ao seu assunto inicial, acreditou ver uma centelha de esperança. "Esse Mestre Hyde", pensou ele, "deve ter seus próprios segredos, se o seu passado for investigado; e muito sombrios, a tomar por sua aparência. Segredos comparados aos quais os piores pecados do pobre Jekyll pareceriam claros como a luz do sol. As coisas não podem continuar como estão. Gelo ao pensar nessa criatura aproximando-se sorrateiramente, como se fosse um bandido, da cabeceira do pobre Harry. Que susto não levaria ao acordar! Além do perigo — pois, se esse Hyde suspeitar da existência do testamento, pode ficar impaciente para receber sua herança. Sim, tenho que pôr mãos à obra. Se pelo menos Jekyll me permitir", acrescentou, "se pelo menos Jekyll me permitir". Pois mais uma vez viu, diante dos olhos de sua mente, claras e transparentes, as estranhas cláusulas do testamento.

Dr. Jekyll estava bastante tranquilo

Por sorte, duas semanas depois o doutor deu um de seus agradáveis jantares para cinco ou seis velhos amigos, todos inteligentes homens de reputação e conhecedores de bons vinhos; Mr. Utterson deu um jeito de ficar, depois que os outros partiram. Não foi nada inusitado, pois isso já acontecera várias vezes anteriormente. Nos lugares em que Utterson era querido, era muito querido. Os anfitriões adoravam segurar o advogado sóbrio, enquanto os convidados alegres e de língua solta já tinham o pé sob o pórtico de entrada; gostavam de sentar-se por algum tempo em sua companhia discreta, praticando a solidão, deixando sua mente ganhar sobriedade diante do rico silêncio daquele homem, após todos os esforços da alegria. O dr. Jekyll não era exceção a essa regra. Sentava-se naquele momento no lado oposto da lareira — um homem corpulento, bem-constituído, a pele do rosto lisa, de seus cinquenta anos, com um ar um tanto dissimulado, talvez, mas com todas as características de alguém capaz e gentil — e era possível ver pela expressão de seu rosto que tinha por Mr. Utterson um afeto sincero e profundo.

— Ando querendo falar com você, Jekyll — começou esse último. — Sabe aquele seu testamento?

Um observador mais atento poderia ter deduzido que o assunto era desagradável, mas o médico não perdeu o bom humor.

— Meu pobre Utterson — disse ele —, que azar ter um cliente como eu. Nunca vi um homem tão angustiado quanto você ficou com relação ao meu testamento. A menos que se tratasse daquele pedante tacanho, Lanyon, diante daquilo que chama de minhas heresias científicas. Ah, sei que ele é um bom sujeito, não precisa fazer essa carranca. Um sujeito excelente, que gostaria de ver com mais frequência, mas ainda assim um pedante tacanho. Um pedante espalhafatoso e ignorante. Nenhum homem me desapontou mais do que Lanyon.

— Você sabe que nunca aprovei o testamento — prosseguiu Utterson, ignorando impiedosamente o assunto que surgira.

— Meu testamento? Sim, é claro, sei disso — falou o médico, de modo um tanto incisivo. — Você já me disse.

— Bem, estou dizendo outra vez — continuou o advogado. — Descobri algumas coisinhas sobre o jovem Hyde.

A bela e ampla face do dr. Jekyll empalideceu por completo, até os lábios, e uma sombra toldou-lhe os olhos.

— Não quero ouvir mais nada — disse ele. — Esta é uma questão que eu acreditava já termos concordado em encerrar.

— O que ouvi foi abominável — disse Utterson.

— Não fará diferença. Você não compreende a minha posição — retrucou o médico, um tanto quanto incoerente. — É uma posição muito delicada, Utterson. E muito estranha. Muito, muito estranha. Esse é um daqueles assuntos que uma simples conversa não tem como resolver.

— Jekyll — disse Utterson —, você me conhece. Sou um homem de confiança. Abra seu coração e confie em mim; garanto-lhe que posso tirá-lo dessa.

— Meu bom Utterson — disse o médico —, é muita bondade de sua parte, sinceramente, e não consigo encontrar palavras para lhe agradecer. Tenho total confiança em você acima de qualquer outra pessoa no mundo. Acima de mim mesmo, se pudesse escolher. Mas de fato não é o que está imaginando; não é tão ruim assim. Para tranquilizá-lo, então, vou lhe dizer uma coisa: posso me livrar de Mr. Hyde quando quiser. Isso eu lhe asseguro, e agradeço a você mais uma vez. Vou lhe dizer só mais uma coisinha, Utterson, e tenho certeza de que não vai se ofender: este é um assunto particular, e peço-lhe que o deixe estar.

Utterson refletiu um pouco, olhando para o fogo.

— Não tenho dúvidas de que você esteja cem por cento correto — disse, por fim, colocando-se de pé.

— Bem, mas já que tocamos nesse assunto, e espero que pela última vez — continuou o médico —, há um detalhe que eu gostaria que compreendesse. Tenho realmente um grande interesse pelo pobre Hyde. Sei que vocês se encontraram; ele me contou, e temo que tenha sido rude. Mas, sinceramente, tenho um grande interesse por aquele jovem. Se eu me for, Utterson, quero que me prometa que será paciente com ele e garantirá seus direitos. Acho que o faria se estivesse a par de tudo. Se me prometesse fazê-lo, tiraria um peso dos meus ombros.

— Não posso fingir que virei a gostar dele — disse o advogado.

— Não estou lhe pedindo isso — alegou Jekyll, pousando a mão sobre o braço do outro. — Só o que peço é justiça. Só o que peço é que o ajude, em meu nome, quando eu já não estiver mais aqui.

Utterson não foi capaz de reprimir um suspiro.

— Bem — disse ele —, eu prometo.

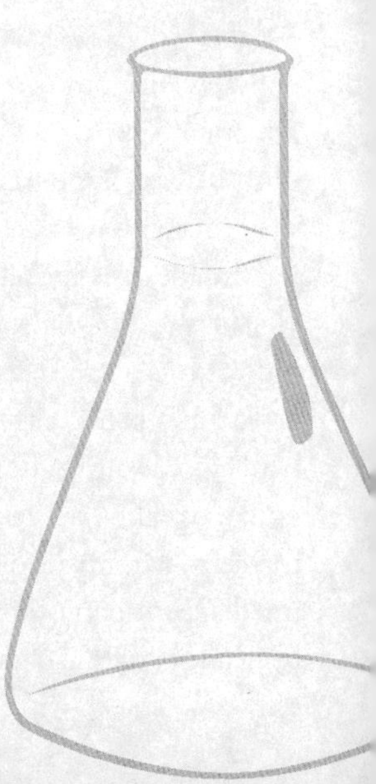

o caso do assassinato de carew

Quase um ano mais tarde, no mês de outubro de 18..., Londres ficou chocada com um crime de singular brutalidade, ainda mais notável pela elevada posição social da vítima. Os detalhes eram poucos e alarmantes. Uma criada, que vivia sozinha numa casa não muito longe do rio, havia subido para se deitar por volta das onze horas. Embora um nevoeiro cobrisse a cidade nas primeiras horas da madrugada, o céu ainda estava límpido no começo da noite, e a travessa para a qual se abria a janela da criada estava iluminada pela luz brilhante da lua cheia. Ela parecia ter um temperamento romântico, pois sentou-se no baú, que ficava sob a janela, e se entregou aos devaneios. Nunca (costumava dizer, com lágrimas correndo-lhe pela face, ao narrar aquela experiência), nunca se sentira mais em paz com toda a humanidade ou tivera pensamentos mais gentis sobre o mundo. Enquanto estava ali sentada, reparou num bonito senhor de idade, com cabelos brancos, caminhando ao longo da travessa; avançando em sua direção, ia um outro cavalheiro miúdo, em quem ela a princípio prestou menos atenção. Quando os dois se aproximaram o suficiente para poder falar (o que aconteceu bem debaixo dos olhos da criada), o homem mais velho se curvou e cumprimentou o outro de forma bastante cortês. O assunto não parecia ser de grande importância; na verdade, pela forma como ele apontava, às vezes a impressão era a de que só estava pedindo informações sobre o caminho. A lua, porém, brilhava em seu rosto, e a moça achava agradável observá-lo. Dele parecia emanar um ar de tanta gentileza — uma gentileza inocente, à moda antiga; mas também algo de altivo, uma justificada satisfação consigo mesmo. Logo em seguida, os olhos dela pousaram no outro, e a surpreendeu reconhecer nele um certo Mr. Hyde, que dada vez visitara seu patrão e por quem ela sentira imediata antipatia. Tinha nas mãos uma pesada bengala, com a qual estava brincando; mas não chegou a responder uma única palavra, e parecia ouvir com uma malcontida impaciência. Então, subitamente foi tomado por um acesso de fúria, batendo com os pés, brandindo a bengala, agindo (como descreveu a criada) igual a um louco. O cavalheiro idoso recuou um passo, com o ar de alguém bastante surpreso e um tanto magoado, e aquele Mr. Hyde perdeu totalmente o controle, cobrindo-o de pauladas até derrubá-lo no chão. No instante seguinte, com a fúria de um símio, estava pisoteando a vítima e despejando sobre ela uma chuva de pancadas, sob a qual os ossos se partiam de forma audível e o corpo caía no meio da rua. Diante do horror daquela visão e daqueles sons, a criada desmaiou.

Eram duas horas quando voltou a si e chamou a polícia. O assassino já se fora havia muito, mas lá estava sua vítima, no meio da travessa, inacreditavelmente desfigurada. O bastão com que a atrocidade fora cometida, embora de madeira pesada e rígida, de primeira qualidade, havia partido ao meio com o esforço daquela desumana crueldade. Uma das metades rolara até a sarjeta mais próxima — a outra sem dúvida fora levada pelo assassino. Uma bolsa de dinheiro e um relógio de ouro foram encontrados no corpo da vítima, mas não havia cartões ou papéis, à exceção de um envelope lacrado e selado, que ele provavelmente levava até o correio, e no qual constava o nome e o endereço de Mr. Utterson.

Esse envelope foi levado ao advogado na manhã seguinte, antes que ele tivesse saído da cama. Assim que ele o viu, e ao ficar a par das circunstâncias, assumiu uma expressão de grande seriedade, o lábio inferior projetando-se sobre o superior.

— Nada direi enquanto não vir o corpo — falou. — Isto pode ser muito sério. Tenham a bondade de aguardar enquanto me visto.

E com o mesmo semblante carregado tomou às pressas o café da manhã e foi à delegacia de polícia, para onde o corpo havia sido levado. Assim que chegou à cela, fez que sim com a cabeça:

— Sim — disse —, reconheço-o. Lamento dizer que é Sir Danvers Carew.

— Deus do céu, meu senhor — exclamou o policial —, será possível? — e, no momento seguinte, seus olhos brilharam com a ambição profissional. — Isso vai dar o que falar — disse. — E talvez o senhor nos ajude a localizar o sujeito.

Narrou, então, de maneira breve, o que a criada havia visto e mostrou a bengala quebrada.

Mr. Utterson já havia fraquejado diante do nome de Hyde; mas quando teve diante dos olhos a bengala, não teve mais dúvidas: mesmo quebrada e danificada como estava, reconheceu-a como a que ele próprio dera de presente muitos anos antes a Henry Jekyll.

— Esse Mr. Hyde é um homem de baixa estatura? — indagou.

— Particularmente baixo e de aparência particularmente cruel, é o que diz a criada — respondeu o policial.

Mr. Utterson refletiu; depois, levantando a cabeça, disse:

— Se o senhor vier comigo em meu cabriolé, acho que posso levá-lo até a casa dele.

A essa altura, eram mais ou menos nove horas da manhã, e havia nevoeiro pela primeira vez na estação. Um grande manto cor de chocolate cobria o céu, mas o vento movia sem cessar aqueles vapores ameados; assim, conforme o cabriolé se arrastava pelas ruas, Mr. Utterson pôde contemplar um maravilhoso número de diferentes nuances e matizes do crepúsculo. Ali, era escuro como no final do entardecer; lá, assumia um brilho num tom rico e vívido de marrom, como a luz de alguma estranha conflagração; mais adiante, por um instante o nevoeiro se dissipava consideravelmente, e um pálido raio de sol surgia em meio ao turbilhão das espirais de vapor. O lúgubre bairro do Soho, visto sob aqueles lampejos cambiantes, com suas ruas enlameadas e transeuntes desmazelados, com seus lampiões, que não chegaram a ser apagados ou então que tinham sido acesos outra vez, a fim de combater aquela melancólica reinvestida da escuridão, parecia, aos olhos do advogado, o distrito de alguma cidade num pesadelo. Os pensamentos que lhe ocupavam a mente eram, além disso, os mais sombrios; e, quando ele olhava para seu companheiro no cabriolé, era como sentir uma pontada daquele terror da justiça e dos oficiais da justiça, que às vezes pode recair sobre os mais honestos.

Quando o cabriolé parou em frente ao endereço indicado, o nevoeiro se levantou um pouco, revelando uma rua lúgubre, um bar vagabundo, uma casa de refeições, uma loja onde se vendiam alimentos variados, muitas crianças maltrapilhas amontoadas nas entradas e muitas mulheres de várias nacionalidades diferentes saindo, chave nas mãos, para beber o primeiro copo do dia. No momento seguinte, o nevoeiro tornou a baixar sobre tudo, num tom de castanho-amarelado, separando Mr. Utterson das vis cercanias. Ali morava o favorito de Henry Jekyll, um homem que era herdeiro de um quarto de milhão de libras esterlinas.

Uma idosa, de rosto cor de marfim e cabelos prateados, abriu a porta. Tinha uma face malévola, suavizada pela hipocrisia, mas suas maneiras eram excelentes. Sim, disse ela, aquela era a casa de Mr. Hyde, mas ele não se encontrava; ficara fora até tarde da noite, mas saíra havia menos de uma hora. Nada havia de estranho naquilo; seus hábitos eram muito irregulares, e ele se ausentava com frequência. Por exemplo, fazia quase dois meses que ela não o via, antes da noite anterior.

— Muito bem, então queremos ver seus aposentos — disse o advogado; e quando a mulher começou a dizer que era impossível —: É melhor que eu lhe diga agora quem é esta pessoa — acrescentou. — Este é o inspetor Newcomen, da Scotland Yard.

Um lampejo de odiosa satisfação apareceu no rosto da mulher.

— Ah! — disse ela — ele se meteu em problemas! O que fez?

Mr. Utterson e o inspetor se entreolharam.

— Ele não parece um homem muito popular — observou o segundo. — E agora, minha boa senhora, deixe que eu e este cavalheiro entremos para dar uma olhada.

Em toda a extensão da casa, que, à exceção da velha senhora, estava vazia, Mr. Hyde só ocupara uns dois aposentos, que estavam mobiliados com suntuosidade e bom gosto. Havia um armário cheio de garrafas de vinho; os pratos e as baixelas eram de prata, e a toalha de mesa e guardanapos, elegantes; na parede estava uma pintura de qualidade, presente (supôs Utterson) de Henry Jekyll, que era um *connoisseur*; os tapetes eram muito trabalhados e de cores agradáveis. Naquele momento, porém, os cômodos exibiam todos os sinais de terem sido revistados recentemente, e às pressas. Havia roupas espalhadas pelo chão, com os bolsos revirados; gavetas normalmente trancadas estavam abertas; na lareira, via-se uma pilha de cinzas, como se muitos papéis tivessem sido queimados. Desses resíduos, o inspetor desenterrou a ponta de um talão de cheques verde, que resistira à ação do fogo. A outra metade da bengala foi encontrada atrás da porta — e, como isso confirmava suas suspeitas, o policial declarou-se muito satisfeito. Uma visita ao banco, onde se descobriu que o assassino tinha um crédito de vários milhares de libras, completou seu prazer.

— Pode escrever o que lhe digo, meu senhor — afirmou ele a Mr. Utterson. — Tenho-o em minhas mãos. Deve ter perdido a cabeça. Do contrário, jamais teria deixado a bengala, ou, sobretudo, queimado o talão de cheques. Ora, dinheiro é tudo para um homem. Nada mais temos a fazer além de esperar por ele no banco e distribuir os impressos dizendo que é procurado.

Esse último detalhe não foi, contudo, de execução muito simples, pois Mr. Hyde conhecia pouca gente — até mesmo o patrão daquela criada só o vira duas vezes, sua família não podia ser localizada em parte alguma, ele nunca fora fotografado, e os poucos capazes de descrevê-lo discordavam em muitos pontos, como de regra fazem os observadores comuns. Somente num detalhe concordavam: a sensação persistente de uma deformidade não aparente que impressionara a todos os que tinham colocado os olhos sobre o fugitivo.

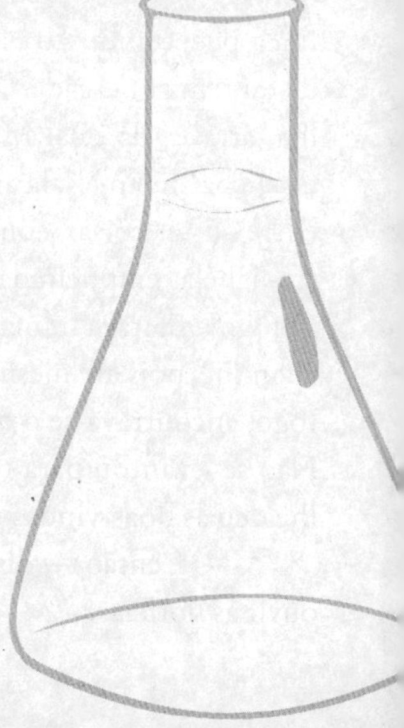

Incidente da carta

A tarde já ia avançada quando Mr. Utterson tomou o caminho da residência do dr. Jekyll, onde foi imediatamente recebido por Poole. O mordomo o conduziu cozinha adentro, e através de um pátio que outrora havia sido um jardim, até a casa que também era conhecida como laboratório ou sala de dissecção. O doutor comprara a casa dos herdeiros de um famoso cirurgião; como seus interesses pessoais estavam mais no ramo da química do que no da anatomia, ele modificara a função daquele conjunto de salas nos fundos do jardim. Era a primeira vez que o advogado era recebido naquela parte específica das propriedades de seu amigo. Estudou com curiosidade a construção lúgubre, suja e sem janelas, e olhou ao redor com uma sensação de repulsiva estranheza ao cruzar o anfiteatro — outrora lotado de estudantes ávidos e agora tomado pelo silêncio e pela desolação; as mesas abarrotadas de instrumentos químicos, muitos caixotes espalhados pelo chão coberto de palha e a luz fraca penetrando através da claraboia embaçada. Na extremidade mais distante, uma escadaria subia até uma porta coberta com baeta vermelha, através da qual Mr. Utterson foi afinal admitido no escritório do médico. Era uma sala ampla, recoberta de estantes de vidro e mobiliada, entre outras coisas, com um grande espelho giratório e uma mesa. Havia três janelas empoeiradas com barras de ferro, que se abriam para o beco. O fogo crepitava numa lareira; um lampião estava aceso na prateleira da chaminé, pois até mesmo nas casas o nevoeiro se espessava. Ali, perto do fogo, encontrava-se o dr. Jekyll, aparentando estar gravemente enfermo. Não se levantou para receber o visitante, mas estendeu-lhe a mão fria e lhe deu as boas-vindas numa voz mudada.

— E então — disse Mr. Utterson, tão logo Poole saiu — chegou a ouvir as notícias?

O médico estremeceu.

— Estavam gritando as notícias na praça — disse ele. — Ouvi de minha sala de jantar.

— Uma palavrinha — disse o advogado. — Carew era meu cliente, mas você também é, e quero saber o que estou fazendo. Você não cometeu a loucura de esconder esse sujeito, não é mesmo?

— Utterson, juro por Deus — exclamou o médico —, juro por Deus que nunca mais porei os olhos sobre ele. Juro a você pela minha honra que meus assuntos com ele neste mundo se acabaram. Chegaram ao fim. E, de fato, ele não quer a minha ajuda; você não o conhece como eu. Ele está a salvo, na verdade. Escreva o que lhe digo, nunca mais ouvirão falar nele.

O advogado ouvia com um ar sombrio; não estava gostando do comportamento febril de seu amigo.

— Você parece bastante seguro, no que se refere a ele — disse — e, pelo seu próprio bem, espero que tenha razão. Se chegasse a haver um julgamento, seu nome poderia aparecer.

— Tenho certeza absoluta do que digo — replicou Jekyll. — Tenho motivos para isso, mas não posso revelá-los a ninguém. Há um detalhe particular, porém, em que talvez você possa me orientar. Eu... eu recebi uma carta e não sei se devo mostrá-la à polícia. Gostaria de deixar a decisão em suas mãos, Utterson; você faria o mais acertado, com certeza. Tenho uma confiança enorme em você.

— Teme, suponho, que essa carta possa levar à localização dele? — perguntou o advogado.

— Não — disse o outro —, não posso dizer que me importo com o que venha a acontecer a Hyde; não tenho mais qualquer ligação com ele. Eu pensava em minha própria pessoa, que toda essa odiosa história acabou por expor consideravelmente.

Enquanto isso, Utterson refletia; estava surpreso com o egoísmo de seu amigo e ao mesmo tempo aliviado.

— Bem — disse ele, afinal —, deixe-me ver a carta.

Estava escrita numa caligrafia peculiar, as letras bem verticais, e assinada "Edward Hyde": dizia, resumidamente, que o benfeitor do autor da carta, dr. Jekyll, a quem ele recompensara de forma tão indigna por suas inúmeras generosidades, não precisava se preocupar com sua segurança, pois possuía meios para fugir nos quais depositava toda confiança. O advogado gostou bastante da carta; esclarecia um pouco mais a intimidade daquela relação; culpou-se pelas suspeitas que havia alimentado no passado.

— Guardou o envelope? — perguntou.

— Queimei-o — respondeu Jekyll — antes de saber do que se tratava. Mas não trazia carimbo postal. A carta foi entregue pessoalmente.

— Posso guardá-la e refletir a respeito até amanhã? — perguntou Utterson.

— Quero que você decida por mim — foi a resposta. — Perdi a confiança em mim mesmo.

— Bem, vou pensar a respeito — disse o advogado. — E agora, uma última pergunta: foi Hyde quem ditou os termos de seu testamento, com relação a um possível desaparecimento seu?

O médico pareceu prestes a desmaiar; apertou os lábios e fez que sim com a cabeça.

— Eu sabia — disse Utterson. — Ele pretendia matá-lo. Você teve sorte.

— Na verdade foi bem mais do que isso — retrucou o médico, num tom solene. — Aprendi uma lição. Ah, meu Deus, Utterson, que lição eu aprendi! — e cobriu o rosto com as mãos por um instante.

Quando deixava a casa, o advogado se deteve e trocou algumas palavras com Poole.

— A propósito — disse ele —, uma carta foi entregue aqui, hoje. Como era o mensageiro?

Poole, no entanto, tinha certeza de que nada havia sido entregue exceto as cartas que vieram pelo correio comum.

— E eram só propaganda — acrescentou.

Aquela nova informação fez com que o visitante se fosse com seus medos renovados. Estava claro que a carta chegara pela porta do laboratório; na verdade, possivelmente fora escrita no escritório. Se fosse o caso, tinha que ser julgada de outro modo, e talvez com mais cuidado. Os meninos que vendiam os jornais gritavam no passeio, enquanto Mr. Utterson caminhava:

— Edição especial! Assassinato chocante de um membro do Parlamento!

Era a oração fúnebre de um amigo e cliente seu; não pôde evitar uma certa apreensão, pois o nome de um outro poderia ser tragado pelo torvelinho do escândalo. A decisão que tinha de tomar era, na melhor das hipóteses, difícil; mesmo sendo de hábito um homem autoconfiante, começou a desejar aconselhar-se com alguém. Não podia ser de forma explícita; mas, pensou ele, talvez pudesse obter conselhos indiretamente.

Pouco depois, sentava-se diante de sua própria lareira, com Mr. Guest, seu principal funcionário, do outro lado e, entre os dois, a uma distância do fogo calculada com precisão, uma garrafa especial de um vinho de safra antiga que não via a luz do sol fazia muito tempo, no porão de sua casa. O nevoeiro ainda repousava sobre a cidade mergulhada na neblina, onde os lampiões brilhavam como pedras preciosas; e, abafada e oculta por aquelas nuvens degradadas, a procissão da vida da cidade ainda seguia através das grandes artérias com um ruído semelhante ao do vento forte. A sala, contudo, tinha um aspecto alegre, graças à lareira. Na garrafa, toda a acidez já havia desaparecido; a forte coloração original do vinho tornara-se mais suave com o tempo, como as cores se tornam mais ricas em janelas de vitral. O brilho das tardes quentes de outono nas vindimas nas encostas dos morros estava pronto para ser libertado e dispersar o nevoeiro de Londres. Imperceptivelmente, o advogado abrandou o humor. Não havia homem algum de quem guardasse menos segredos do que Mr. Guest, e não tinha sempre certeza de guardar tantos quanto gostaria. Guest fora várias vezes à casa do médico, a negócios; conhecia Poole. Dificilmente já não teria ouvido falar da familiaridade de Mr. Hyde com aquela casa. Talvez tirasse suas conclusões: não seria o mais correto então, mostrar-lhe uma carta que esclarecia aquele mistério? E, sobretudo, sendo Guest um grande estudioso e crítico de caligrafia, não haveria ele de considerar aquele passo natural e apropriado? Além disso, o funcionário era um homem que costumava dar suas opiniões; dificilmente leria um documento tão estranho quanto aquele sem fazer um comentário. E, a partir desse comentário, Mr. Utterson poderia decidir quais as suas futuras ações.

— Foi uma triste história essa que aconteceu com Sir Danvers — disse ele.

— Sim, senhor, de fato. Despertou a comoção pública — concordou Guest. — O homem era louco, é claro.

— Gostaria de ouvir sua opinião sobre isso — replicou Utterson. — Tenho um documento manuscrito aqui comigo; e isso fica entre nós, pois eu mal sei o que fazer com ele. É bem desagradável, na melhor das hipóteses. Mas aqui está, bem apropriado aos seus talentos: o manuscrito de um assassino.

Os olhos de Guest brilharam; ele se sentou imediatamente e estudou de forma apaixonada a carta.

— Não, senhor — disse ele —, não se trata de um louco, mas de alguém com uma caligrafia estranha.

— E quem escreveu também é estranho, segundo os relatos.

Nesse exato instante, o criado entrou trazendo um bilhete.

— É do dr. Jekyll, senhor? — perguntou o funcionário. — Achei ter reconhecido a caligrafia. Algo de particular, Mr. Utterson?

— Só um convite para jantar. Por quê? Quer ver?

— Um instante. Obrigado, senhor — e o funcionário colocou os dois papéis lado a lado, comparando-os meticulosamente. — Obrigado, senhor — disse, por fim, devolvendo-lhe os dois. — É um documento muito interessante.

Fez-se uma pausa, durante a qual Mr. Utterson travou uma batalha consigo mesmo.

— Por que os comparou, Guest? — perguntou, subitamente.

— Bem, senhor — respondeu o funcionário —, há uma semelhança bastante singular; as duas caligrafias são idênticas em muitos aspectos: só a inclinação é diferente.

— Que curioso — disse Utterson.

— Sim, de fato, é bastante curioso, como diz o senhor — concordou Guest.

— Eu não mencionaria este bilhete, você sabe — disse o chefe.

— Não, senhor — disse o funcionário —, compreendo.

Tão logo Mr. Utterson viu-se sozinho, porém, trancou o bilhete em seu cofre, onde permaneceu daquele momento em diante. "Então!" pensou ele. "Henry Jekyll forja a carta de um assassino!" O sangue lhe corria frio pelas veias.

Notável incidente com o dr. Lanyon

O tempo corria. Milhares de libras estavam sendo oferecidas em recompensa, pois a morte de Sir Danvers havia sido recebida como uma injúria pública. Mr. Hyde, contudo, desaparecera e estava fora do alcance da polícia, como se jamais tivesse existido. Boa parte de seu passado foi desenterrada na verdade, e toda ela infame: eram histórias sobre a crueldade daquele homem, a um tempo tão violenta e desumana, sobre sua vida desprezível, de suas estranhas relações, da inimizade que parecia ter cercado sua vida. Acerca de seu paradeiro, porém, nem um único palpite. Desde o momento em que deixara sua casa no Soho, na manhã do assassinato, simplesmente desaparecera do mapa. Aos poucos, à medida que o tempo passava, Mr. Utterson começou a se recuperar daquele estado tão intensamente alarmado e se apaziguar um pouco. A morte de Sir Danvers havia sido, de acordo com sua visão das coisas, mais do que vingada pelo desaparecimento de Mr. Hyde. Agora que aquela influência negativa já não estava mais presente, uma nova vida começara para o dr. Jekyll. Saiu de sua reclusão, restabeleceu suas relações com os amigos, voltou a ser seu convidado e anfitrião familiar. E agora mostrava-se inclinado à religião, ele que sempre fora conhecido por suas ações de caridade. Estava ocupado, ficava um bom tempo na rua e praticava boas ações. Seu rosto parecia franco e luminoso, como se ele tivesse uma consciência interna do serviço que prestava. Por mais de dois meses, o médico ficou em paz.

No dia 8 de janeiro, Utterson jantara na casa do amigo, junto com um pequeno grupo. Lanyon estivera presente, e o anfitrião olhava de um para o outro como na época em que eram um trio inseparável de amigos. No dia 12, e depois no dia 14, o advogado encontrou suas portas fechadas.

— O doutor tem ficado em casa — disse Poole — e não tem recebido ninguém.

No dia 15, Utterson fez nova tentativa, e mais uma vez foi malsucedido. Tendo se acostumado, ao longo dos últimos dois meses, a ver o amigo quase que diariamente, sentia-se abatido com aquele retorno à solidão. Na quinta noite, recebeu Guest para jantar; na sexta, foi até a casa do dr. Lanyon.

Pelo menos ali foi admitido. Quando entrou, porém, ficou chocado com a mudança ocorrida na aparência do médico. Sua sentença de morte estava escrita de maneira legível no rosto. O homem corado empalidecera, sua carne minguara, estava visivelmente mais careca e mais velho. No entanto, não foram esses sinais de uma repentina decadência física que chamaram a atenção do advogado, mas uma expressão no olhar e uma atitude geral que pareciam testemunhar algum terror firmemente arraigado na mente do dr. Lanyon. Era pouco provável que o médico estivesse à beira da morte; por outro lado, Utterson era levado a suspeitar do contrário. "Sim", pensou ele; "trata-se de um médico, e deve saber o estado em que se encontra e que seus dias estão contados. E esse conhecimento é mais do que tem condições de suportar." Quando, porém, Utterson fez um comentário sobre seu aspecto doente, foi com um ar de grande firmeza que Lanyon declarou-se um homem condenado:

— Sofri um choque — disse ele — e jamais irei me recobrar. É uma questão de semanas, agora. Bem, a vida tem sido agradável. Eu gostava da vida, sim, senhor. Às vezes acho que se estivéssemos a par de tudo, ficaríamos mais satisfeitos em ir embora.

— Jekyll também está doente — observou Utterson. — Por acaso o tem visto?

A expressão do rosto de Lanyon mudou, porém, e ele ergueu a mão trêmula:

— Não quero mais ouvir falar no dr. Jekyll — disse, num tom de voz alto e irregular. — Para mim, chega dessa pessoa, e peço que me poupe qualquer alusão a um homem que considero morto.

— Tsc, tsc — disse Utterson, e, após uma pausa considerável —, não há nada que eu possa fazer? Nós três somos velhos amigos, Lanyon; não viveremos o suficiente para fazer outros.

— Nada pode ser feito — retorquiu Lanyon. — Pergunte a ele.

— Ele não quer me ver — disse o advogado.

— Isso não me surpreende — foi a resposta. — Algum dia, Utterson, depois que eu estiver morto, talvez o senhor venha a descobrir o que está certo e o que está errado nessa história toda. Não posso lhe dizer. Até lá, se puder sentar-se comigo e conversar sobre outros assuntos, por favor, fique e faça-o. Mas se não for capaz de evitar esse maldito tópico, então, pelo amor de Deus, vá embora, pois não posso suportá-lo.

Assim que chegou em casa, Utterson sentou-se e escreveu para Jekyll, reclamando de ter sido excluído de sua casa e lhe perguntando a razão daquele infeliz rompimento com Lanyon. No dia seguinte, recebeu uma resposta longa, cuja escolha de palavras se tornava com frequência bastante patética, e cujo sentido geral às vezes se fazia muito misterioso. A rusga com Lanyon era irreparável. "Não culpo nosso amigo", escreveu Jekyll, "mas compartilho de sua opinião de que jamais devemos voltar a nos encontrar. Pretendo, daqui em diante, levar uma vida de extrema reclusão; não deve ficar surpreso, tampouco deve duvidar de minha amizade, se mesmo para o senhor minha porta se encontrar fechada com frequência. Terá de aceitar que eu siga por meu próprio e sombrio caminho. Trouxe para mim mesmo uma punição e um perigo que não posso nomear. Se eu for o maior dos pecadores, então sou também o maior dos sofredores. Eu não pensava que nesta terra havia espaço para sofrimentos e terrores tão degradantes. Há somente uma coisa que pode fazer, Utterson, para tornar meu destino mais suave: respeitar meu silêncio". Utterson ficou surpreso; a influência negativa de Hyde havia desaparecido, o médico retomara suas antigas atividades e amizades; uma semana antes, as perspectivas sorriam com todas as promessas de uma velhice alegre e honrada. Agora, de uma hora para outra, a amizade, a paz de espírito e todo o sentido de sua vida estavam em ruínas. Uma mudança tão grande e imprevisível fazia pensar que talvez estivesse louco; mas em face do comportamento e das palavras de Lanyon, devia haver motivos mais profundos para tudo aquilo.

Uma semana mais tarde, dr. Lanyon ficou acamado e, em pouco menos de duas semanas, estava morto. Na noite seguinte ao funeral, durante o qual se sentira bastante triste, Utterson trancou a porta de seu escritório e, sentando-se ali à luz de uma melancólica vela, apanhou e contemplou um envelope. Ali estavam a caligrafia e o selo de seu finado amigo. "CONFIDENCIAL: para ser aberto APENAS por G.J. Utterson, e, em caso de sua morte prévia, *que seja destruído sem ser aberto*", estava escrito no envelope, de maneira enfática. O advogado tinha medo de inteirar-se do conteúdo. "Enterrei um amigo hoje", pensou. "E se isto aqui me custar outro?" Então condenou seu próprio medo como uma falta de lealdade e rompeu o lacre. Dentro, havia outro envelope, selado do mesmo modo, sobre o qual se inscrevia: "Não deve ser aberto até a morte ou o desaparecimento do dr. Henry Jekyll." Utterson não era capaz de acreditar em seus olhos. Sim, a palavra era desaparecimento; mais uma vez, como naquele testamento insano que ele devolvera havia muito ao autor, a ideia de um desaparecimento e o nome de Henry Jekyll estavam associados. No testamento, contudo, a ideia advinha da sinistra sugestão daquele Hyde; inscrevia-se ali com um propósito bastante óbvio, e terrível. Escrita pela mão de Lanyon, o que poderia significar? Uma enorme curiosidade apossou-se do destinatário, um desejo de não respeitar a proibição e mergulhar imediatamente no cerne daqueles mistérios; mas a honra profissional e a lealdade ao falecido amigo eram obrigações severas. O envelope foi repousar no canto mais distante de seu cofre pessoal.

Uma coisa é mortificar a curiosidade; outra coisa, vencê-la. É de se duvidar que, daquele dia em diante, Utterson tenha desejado com igual intensidade a companhia do amigo que sobrevivera. Pensava nele com carinho, mas seus pensamentos eram inquietos e receosos. Chegou a ir procurá-lo, mas talvez tenha ficado aliviado ao não ser admitido; é possível que, em seu íntimo, preferisse falar com Poole, na soleira da porta, cercado pelo ar e pelos sons da cidade, do que ser recebido naquele cativeiro voluntário, para se sentar e conversar com aquele inescrutável recluso. Poole não tinha, aliás, novidades muito agradáveis para relatar. Parecia que o doutor estava mais do que nunca confinado ao escritório acima do laboratório, onde às vezes chegava mesmo a dormir; estava desanimado, tornara-se muito silencioso, não lia; era como se algo lhe ocupasse a mente. Utterson se acostumou a tal ponto ao caráter invariável daqueles relatos que aos poucos a frequência de suas visitas começou a diminuir.

incidente à janela

Quis o acaso que no domingo, quando Mr. Utterson fazia sua costumeira caminhada com Mr. Enfield, seu caminho levasse outra vez à mesma travessa, e que, ao passar em frente à porta, ambos parassem para observá-la.

— Bem — disse Enfield —, por fim aquela história chegou ao fim. Nunca mais ouviremos falar em Mr. Hyde.

— É o que espero — disse Utterson. — Já contei-lhe que certa vez o vi e que tive o mesmo sentimento de repulsa que me relatou?

— Era impossível que a primeira coisa acontecesse sem a segunda — disse Enfield. — E, a propósito, que idiota o senhor não deve ter me achado, por não saber que esta é a entrada dos fundos da casa do dr. Jekyll! Mas foi em parte culpa sua eu ter descoberto isso, quando descobri.

— Então descobriu, é? — disse Utterson. — Mas se isso for mesmo verdade, podemos entrar no beco e dar uma olhada nas janelas. Para lhe dizer a verdade, ando preocupado com o pobre Jekyll; mesmo do lado de fora, sinto que a presença de um amigo poderia lhe fazer bem.

O beco estava muito frio e um tanto úmido, já tomado por um crepúsculo prematuro, embora a luz do sol ainda clareasse o céu, lá no alto. Das três janelas, a do meio estava entreaberta; sentado junto a ela, tomando ar com uma tristeza infinita no semblante, como se fosse algum prisioneiro desconsolado, Utterson viu o dr. Jekyll.

— O quê? Jekyll! — exclamou ele. — Creio que esteja melhor.

— Estou muito fraco, Utterson — replicou o médico, melancólico. — Muito fraco. Não vou durar muito, graças a Deus.

— Você fica muito tempo dentro de casa — disse o advogado. — Devia estar na rua, ativando a circulação, como Mr. Enfield e eu. (Este é o meu primo: Mr. Enfield, dr. Jekyll.) Venha, apanhe seu chapéu e dê uma volta conosco.

— Você é muito bondoso — suspirou o outro. — Eu bem que gostaria; mas não, não, não, isso é impossível. Não ouso fazê-lo. Mesmo assim, estou muito feliz em vê-lo; é de fato um enorme prazer; convidaria a você e a Mr. Enfield a subir, mas este lugar não está nada apropriado.

— Ora — disse o advogado, de maneira afável —, sendo assim, o melhor que temos a fazer é ficar aqui e conversar com você de onde estamos.

— É exatamente a proposta que eu ia me arriscar a fazer — disse o médico, sorrindo.

Mal essas palavras foram pronunciadas, porém, e o sorriso desapareceu de seu rosto, dando lugar a uma expressão de tão abjeto terror e desespero que o sangue dos dois homens lá embaixo congelou em suas veias. A visão só durou um instante, pois a janela foi fechada de imediato; mas o pouco que viram foi suficiente. Eles se viraram e saíram do beco sem dizer uma palavra. Também em silêncio cruzaram a travessa; só depois de terem chegado a uma rua próxima, onde mesmo num domingo havia certo movimento, Mr. Utterson por fim se virou e olhou para o seu companheiro. Ambos estavam pálidos, e havia uma cúmplice expressão de horror em seus olhos.

— Que Deus nos perdoe, que Deus nos perdoe — disse Mr. Utterson.

Mr. Enfield, porém, limitou-se a fazer que sim com a cabeça, muito sério, e prosseguiu andando em silêncio.

A última noite

Mr. Utterson estava sentado ao pé da lareira certa noite, após o jantar, quando foi surpreendido por uma visita de Poole.

— Por Deus, Poole, o que o traz aqui? — exclamou, e olhou para ele por um segundo. — O que o aflige? — acrescentou. — O doutor está doente?

— Mr. Utterson — o outro respondeu —, algo está errado.

— Sente-se, tome uma taça de vinho — disse o advogado. — Agora, não tenha pressa e me diga exatamente o que quer.

— O senhor sabe como é o doutor, Mr. Utterson — replicou Poole —, e como tem ficado trancado em casa. Bem, fechou-se outra vez no escritório; não estou gostando disso, senhor. Nem um pouco. Mr. Utterson, estou com medo.

— Ouça, meu caro — disse o advogado —, seja explícito. De que tem medo?

— Tenho estado com medo há uma semana — disse Poole, ignorando com obstinação a pergunta — e já não posso mais suportar.

O aspecto do mordomo era bastante eloquente; suas maneiras haviam mudado para pior. Exceto pelo momento em que confessara pela primeira vez seu terror, não voltara a olhar o advogado nos olhos uma vez sequer. Mesmo agora, sentava-se com a taça de vinho intacta em seu colo, e seus olhos se fixavam no chão, num canto da sala.

— Já não posso mais suportar — repetiu.

— Ouça — disse o advogado —, vejo que tem algum bom motivo para isso, Poole; vejo que alguma coisa está errada. Tente me dizer o que é.

— Acho que algum crime foi cometido — disse Poole, a voz rouca.

— Crime! — exclamou o advogado, bastante assustado e, em consequência disso, propenso a se irritar. — Que crime? O que está querendo dizer, homem?

— Não ouso afirmar nada, senhor — foi a resposta —, mas será que o senhor não viria comigo, a fim de ver por si próprio?

A única resposta de Mr. Utterson foi se levantar e apanhar o chapéu e o sobretudo. Notou com surpresa, porém, o alívio que se estampou no rosto do mordomo, e talvez com surpresa equivalente o fato de a taça de vinho ainda estar intacta quando o outro a colocou sobre a mesa, em seguida.

Era uma noite fria e deserta, típica do mês de março; uma lua fria pendia do céu, como se o vento tivesse feito com que se inclinasse, e nuvens esparsas corriam, feitas da textura mais diáfana e delicada. O vento dificultava as conversas, e fazia o sangue subir à face. Parecia ter varrido os transeuntes das ruas, pois o movimento era invulgarmente escasso. Mr. Utterson tinha a impressão de nunca ter visto aquela parte de Londres tão deserta. Na verdade, seu desejo era de que fosse diferente. Jamais em sua vida tivera consciência de um desejo tão intenso de ver e tocar seus semelhantes. Pois, por mais que lutasse, sua mente estava assolada pela esmagadora premonição de uma calamidade. Na praça ventava bastante, e havia muita poeira, quando ali chegaram. As magras árvores do jardim estavam açoitando a grade. Poole, que andara o tempo todo um ou dois passos na frente, deteve-se no meio da calçada e, apesar do clima frio, tirou o chapéu e enxugou a fronte com um lenço vermelho. A despeito de toda a pressa com que viera, porém, não era o suor do esforço que enxugava; era, antes, a umidade provocada por alguma angústia sufocante, pois seu rosto estava pálido e sua voz falhou, áspera, quando ele falou.

— Bem, senhor — disse —, aqui estamos, e que Deus permita que não haja nada de errado.

— Amém, Poole — disse o advogado.

Com isso, o criado bateu à porta de maneira bastante discreta. A porta se entreabriu, mas a corrente continuava presa. Uma voz perguntou, lá de dentro:

— É você, Poole?

— Está tudo bem — disse Poole. — Abra a porta.

Quando entraram, o vestíbulo estava bem iluminado; o fogo ardia alto e, junto à lareira, encontrava-se todo o grupo de criados, homens e mulheres amontoados como se fossem um rebanho de ovelhas. Ao ver Mr. Utterson, a empregada doméstica começou a choramingar feito histérica; e a cozinheira, exclamando "Louvado seja Deus! É Mr. Utterson", correu na direção dele como se fosse tomá-lo nos braços.

— O quê? O quê? Vocês estão todos aqui? — disse o advogado, irritado. — Muito irregular, muito inconveniente. Seu patrão não ficaria nada satisfeito.

— Estão todos apavorados — disse Poole.

Seguiu-se um silêncio absoluto. Ninguém protestava. Só a empregada erguia a voz e agora chorava alto.

— Segure essa língua — disse Poole a ela, com um tom de ferocidade que denunciava o quanto seus próprios nervos estavam abalados; e, de fato, quando a moça elevara de modo tão súbito o tom de seus lamentos, todos haviam se alarmado e virado na direção da porta interna com expressões de apavorada expectativa no rosto. — E agora — continuou o mordomo, dirigindo-se ao ajudante —, arranjem-me uma vela e vamos resolver tudo isso imediatamente.

Ele então pediu a Mr. Utterson que o acompanhasse, conduzindo-o até o jardim dos fundos.

— Agora, senhor — disse ele —, venha o mais silenciosamente que puder. Quero que ouça e não quero que seja ouvido. E preste atenção, senhor: se por algum acaso ele lhe pedir que entre, não vá.

Os nervos de Mr. Utterson, diante daquela conclusão inesperada, foram abalados por um choque que quase o fez perder o equilíbrio; mas ele se muniu de sua coragem e seguiu o mordomo laboratório adentro, através do anfiteatro cirúrgico, com aqueles montes de caixotes e garrafas, até o pé da escada. Ali, Poole lhe fez sinal para que se escondesse num dos lados e escutasse, enquanto ele próprio, deixando a vela e fazendo um enorme e óbvio esforço, subia os degraus e batia com a mão insegura à baeta vermelha da porta do escritório.

— É Mr. Utterson, senhor, pedindo para vê-lo — anunciou; e, ao fazê-lo, tornou a gesticular de forma veemente para que o advogado ouvisse com atenção.

Uma voz respondeu do interior do aposento:

— Diga-lhe que não posso ver ninguém — falou, num tom queixoso.

— Obrigado, senhor — disse Poole, com certo triunfo em sua voz.

Apanhando a vela, conduziu Mr. Utterson de volta através do pátio e até a grande cozinha, onde o fogo estava apagado e os besouros corriam pelo chão.

— Senhor — disse ele, fitando Mr. Utterson nos olhos —, aquela era a voz de meu patrão?

— Parece bastante mudada — replicou o advogado, muito pálido, mas retornando seu olhar sem hesitação.

— Mudada? Bem, sim, acho que sim — disse o mordomo. — Será que passei vinte anos na casa desse homem para agora me enganar sobre a sua voz? Não, senhor; sumiram com o meu patrão; ele desapareceu há oito dias, quando o ouvimos gritar o nome de Deus; e *quem* está lá em seu lugar, e *por que* está lá, é algo que só Deus sabe, Mr. Utterson!

— Essa é uma história muito estranha, Poole; uma história fantástica, meu caro — disse Mr. Utterson, mordendo o dedo. — Supondo que seja como o senhor supõe, supondo que o dr. Jekyll tenha sido... bem, assassinado, o que seria capaz de induzir o assassino a permanecer aqui? Isso não faz sentido, é totalmente absurdo.

— Bem, Mr. Utterson, o senhor é um homem difícil de satisfazer, mas ainda hei de consegui-lo — disse Poole. — Ao longo de toda a última semana (o senhor deve saber), ele, ou aquilo, o que quer que seja que mora naquele escritório, tem gritado noite e dia por uma espécie de remédio que não consegue obter. Às vezes, era o jeito dele (de meu patrão, quero dizer) escrever seus pedidos num pedaço de papel e jogar na escada. Foi só o que tivemos, ao longo da semana passada; só papéis e uma porta fechada, e as próprias refeições deixadas ali para serem apanhadas furtivamente quando ninguém estivesse olhando. Bem, senhor, todos os dias, sim, e duas ou três vezes ao longo de um mesmo dia, houve pedidos e reclamações, e fui enviado às pressas a todos os químicos que vendem por atacado na cidade. Todas as vezes que eu trazia o produto para casa, havia um outro papel dizendo-me para devolvê-lo, porque não era puro, e um outro pedido para outro químico. Essa droga é terrivelmente necessária, meu senhor, seja para o que for.

— Você tem algum desses papéis? — perguntou Mr. Utterson.

Poole apalpou o bolso e tirou dali um bilhete amassado, que o advogado examinou cuidadosamente, inclinando-se mais para perto da vela. Eis o que dizia: "Dr. Jekyll apresenta seus cumprimentos aos srs. Maw. Assegura-lhes que sua última amostra é impura e de todo inútil aos seus atuais propósitos. No ano de 18..., o dr. J. comprou uma quantidade relativamente grande dos srs. M. Roga-lhes agora que procurem com o maior cuidado e, se qualquer quantidade tiver sobrado, que lhe enviem de imediato. O custo não importa. O valor dessa substância para o dr. J.

dificilmente poderá ser superestimado." Até esse ponto, a carta era bastante cordial, mas então, com um súbito borrão da caneta as emoções do missivista haviam rompido as amarras. "Pelo amor de Deus", acrescentara ele, "encontrem-me um pouco da antiga".

— É um bilhete estranho — disse Mr. Utterson; e depois, de maneira mais incisiva —: Como é possível que esteja em posse dele, aberto?

— O homem do laboratório ficou bastante irritado, senhor, e jogou o papel de volta em mim como se fosse lixo — explicou Poole.

— Sabe me dizer se esta é inquestionavelmente a caligrafia do doutor? — prosseguiu o advogado.

— Achei que parecia ser — disse o criado, com um certo enfado; e depois, com outro tom de voz —, mas que importância tem a caligrafia? — indagou. — Eu o vi!

— Viu? — perguntou Mr. Utterson. — E então?

— É isso! — disse Poole. — Foi assim. Ele entrou subitamente no anfiteatro, vindo do jardim. Parece que dera uma escapada para procurar por sua droga ou o que quer que seja, pois a porta do escritório estava aberta, e lá estava ele no canto da sala remexendo nos caixotes. Levantou a cabeça, olhou para mim quando entrei, deu uma espécie de grito e subiu correndo de volta ao escritório. Só o vi por um minuto, mas meus cabelos ficaram totalmente arrepiados. Senhor, se aquele era o meu patrão, por que usava uma máscara no rosto? Se era o meu patrão, por que guinchou como um rato e correu de mim? Servi-o durante bastante tempo. E então... — o homem se interrompeu e passou a mão sobre a fronte.

— Todos esses acontecimentos são muito estranhos — disse Mr. Utterson —, mas acho que começo a enxergar a luz do dia. Seu patrão, Poole, obviamente foi acometido por uma daquelas doenças que tanto torturam quanto deformam o doente. Daí, até onde eu sei, a alteração de sua voz; daí usar uma máscara e evitar os amigos; daí sua ânsia em encontrar a droga, através da qual sua pobre alma tem alguma esperança de obter afinal a cura. Deus permita que assim seja! Essa é a minha explicação; é bastante triste, Poole, e aterrador considerá-la. Mas é simples e natural, faz bastante sentido e nos livra de todo esse alarmismo exorbitante.

— Senhor — disse o mordomo, assumindo uma espécie de palidez matizada —, aquela coisa não era o meu patrão, essa é a verdade. Meu patrão — nesse momento, ele olhou ao redor e começou a sussurrar — é um homem alto, bem-constituído; esse era mais como um anão. — Utterson tentou protestar. — Ah, meu senhor — exclamou Poole —, acha que não conheço meu patrão após vinte anos? Acha que não sei onde sua cabeça bate na porta do escritório, onde o vi a cada manhã de minha vida? Não, senhor, aquela coisa com a máscara não era de jeito nenhum o dr. Jekyll. Sabe Deus o que era, mas não era o dr. Jekyll. Meu coração diz que um crime aconteceu.

— Poole — replicou o advogado —, se você diz isso, é meu dever tirar a história a limpo. Por mais que eu deseje poupar os sentimentos de seu patrão; por mais que esteja intrigado por esse bilhete, que parece provar que ele ainda está vivo; vou achar que é meu dever arrombar aquela porta.

— Ah, Mr. Utterson, isso era o que eu gostaria de ouvir! — exclamou o mordomo.

— E agora vem a segunda questão — prosseguiu Utterson. — Quem vai fazê-lo?

— Ora, eu e o senhor — foi a destemida resposta.

— Muito bem — disse o advogado; e, aconteça o que acontecer, faço questão de deixar claro que você não será prejudicado mais tarde.

— Há um machado no anfiteatro — prosseguiu Poole — e o senhor poderia pegar o atiçador de brasas da cozinha.

O advogado apanhou o instrumento rude porém pesado em suas mãos, avaliando-lhe o peso.

— Por acaso sabe, Poole — perguntou, olhando para cima —, que você e eu estamos prestes a nos colocar numa posição um tanto arriscada?

— Pode-se dizer que sim, senhor, de fato — respondeu o mordomo.

— Convém, então, que sejamos francos — disse o outro. — Nós dois pensamos mais coisas do que dissemos; vamos falar às claras. Aquele vulto mascarado que você viu, por acaso o reconhece?

— Bem, senhor, ele se foi tão rapidamente, e a criatura estava tão recurvada, que eu não poderia ter certeza — foi a resposta. — Mas se o senhor está perguntando se era Mr. Hyde bem... Sim, eu acho que era! Veja bem, tinha o mesmo tamanho e os mesmos gestos ágeis e rápidos. Além disso, quem mais poderia ter entrado pela porta do laboratório? O senhor se esqueceu de que no momento do crime ele ainda tinha a chave consigo? Mas isso não é tudo. Não sei, Mr. Utterson, se o senhor algum dia já se encontrou com esse Mr. Hyde...

— Sim — disse o advogado. — Certa vez falei com ele.

— Então deve saber tão bem quanto o resto de nós que havia alguma coisa estranha naquele cavalheiro. Algo capaz de afetar a qualquer um; não sei muito bem como dizê-lo de outra forma, senhor: algo capaz de fazer qualquer um sentir-se arrepiado até a alma.

— Confesso que senti algo semelhante com o que você descreve — disse Mr. Utterson.

— Pois então, senhor — concordou Poole. — Bem, quando aquela coisa mascarada igual a um macaco pulou do anfiteatro, onde estavam as substâncias químicas, e escapuliu para dentro do escritório, foi como se a minha espinha tivesse congelado. Ah, sei que isso não constitui prova, Mr. Utterson; sou suficientemente instruído para sabê-lo. Mas sabemos o que sentimos, e posso lhe jurar sobre a Bíblia que aquele era Mr. Hyde!

— Sim, sim — disse o advogado. — Meus temores apontam na mesma direção. Aquela ligação, receio eu, começara mal e estava destinada a acabar do mesmo modo. Sim, acredito sinceramente em você; acredito que o pobre Harry tenha sido morto. E acredito que seu assassino (com que intenção, só Deus sabe) ainda esteja escondido no escritório da vítima. Bem, nosso nome será vingança. Chame Bradshaw.

O lacaio veio, atendendo ao chamado, muito pálido e nervoso.

— Acalme-se, Bradshaw — disse o advogado. — Sei que este suspense está tendo consequências sobre todos vocês, mas agora nossa intenção é pôr um fim nisso. Poole e eu vamos entrar à força no escritório. Se tudo estiver bem, meus ombros são largos o suficiente para aguentar o peso da culpa. Enquanto isso, para que nada dê errado ou para que nenhum malfeitor tente fugir pelos fundos, você e o garoto terão que ir dar a volta na esquina com um par de bastões firmes e ficar de guarda na porta do laboratório. Vamos lhes dar dez minutos para irem ocupar seu posto.

Quando Bradshaw saiu, o advogado consultou o relógio.

— E agora, Poole, vamos nós dois ocupar o nosso — disse, e com o atiçador sob o braço seguiu na frente até o pátio.

As nuvens encobriam a lua, agora, e estava bastante escuro. O vento, que naquele vão da casa só chegava em lufadas, fazia oscilar para a frente e para trás a chama da vela, enquanto os dois avançavam, até que chegaram ao abrigo do anfiteatro, onde sentaram-se em silêncio para aguardar. Londres zumbia solenemente ao redor; nas proximidades, porém, o silêncio só era rompido pelo som de passos andando de um lado do escritório para o outro.

— Essa coisa anda desse jeito o dia inteiro, senhor — sussurrou Poole —; sim, e durante a maior parte da noite. Só quando uma nova amostra chega dos químicos é que há uma pequena pausa. Ah, mas a consciência pesada é uma grande inimiga do sono. Ah, senhor, há sangue derramado de forma vil em cada um desses passos! Mas ouça novamente, um pouco mais de perto; ouça com o seu coração, se possível, Mr. Utterson, e diga se esses são os passos do doutor.

Os passos faziam um ruído discreto e estranho sobre o chão, com um certo ritmo, mas bem devagar. Eram de fato diferentes dos passos pesados e ruidosos de Henry Jekyll. Utterson suspirou.

— Nunca se ouve nada além disso? — perguntou.

Poole fez que sim.

— Uma vez — disse ele. — Uma vez ouvi-o chorando!

— Chorando? Mas como? — perguntou o advogado, consciente de um súbito calafrio de horror.

— Chorando como uma mulher ou como uma alma perdida — disse o mordomo. — Fui-me embora com aquele choro no coração e por pouco não chorei também.

Mas os dez minutos se esgotaram. Poole desenterrou o machado de um monte de palha usada para embalar os instrumentos; a vela foi colocada sobre a mesa mais próxima para lhes fornecer luz na hora do ataque. Os dois se aproximaram com o fôlego suspenso até a sala onde aqueles pés pacientes ainda andavam para um lado e para o outro, para um lado e para o outro, na quietude da noite.

— Jekyll — exclamou Utterson —, quero que me deixe entrar — e fez uma pausa durante um momento, mas nenhuma resposta se fez ouvir. — Estou lhe advertindo, temos as nossas suspeitas. Preciso vê-lo e é o que farei — prosseguiu. — Se não for por bem, será por mal; se não for com o seu consentimento, será à força!

— Utterson — disse a voz —, pelo amor de Deus, tenha piedade!

— Ah, essa não é a voz de Jekyll! É a voz de Hyde! — exclamou Utterson. — Abaixo com essa porta, Poole!

Poole ergueu o machado por cima do ombro; o golpe fez estremecer a casa inteira, e a porta de baeta vermelha sacudiu-se em meio à tranca e às dobradiças. Um guincho horrível, como o de um animal aterrorizado, fez-se ouvir no escritório. O machado voltou a subir, e mais uma vez a porta rachou e a moldura estremeceu. O golpe se repetiu quatro vezes, mas a madeira era dura e fora instalada ali com exímia competência. Foi só ao quinto golpe que a tranca cedeu e a porta arrebentada caiu do lado de dentro, sobre o tapete.

Os sitiadores, espantados com o barulho que haviam feito e com a quietude que se seguiu, recuaram um pouco e espiaram lá dentro. O escritório estava diante de seus olhos, à luz de um lampião, o fogo brilhando e crepitando na lareira, a chaleira assoviando sua delicada melodia, uma gaveta ou duas abertas, papéis dispostos de maneira organizada sobre a mesa de trabalho. Perto da lareira estava a louça do chá. A sala mais tranquila do mundo, seria possível dizer, e, se não fossem os grandes armários com portas de vidro, cheios de substâncias químicas, a mais comum de todas naquela noite em Londres.

Exatamente no centro estava o corpo de um homem intensamente contorcido, e que ainda se contraía. Aproximaram-se nas pontas dos pés, viraram-no de frente e viram o rosto de Edward Hyde. Estava vestido com roupas largas demais para ele, roupas do tamanho usado pelo médico; seu rosto ainda se movia com algo que se assemelhava à vida, mas a vida se fora dali. A tomar pelo pequeno frasco quebrado em sua mão e pelo forte cheiro de química que havia no ar, Utterson sabia estar olhando para o corpo de um suicida.

— Chegamos tarde demais — disse, asperamente — para salvá-lo ou para puni-lo. Hyde se foi por conta própria; só o que nos resta fazer é encontrar o corpo de seu patrão.

O anfiteatro, que se estendia por quase todo o piso térreo e recebia luz do teto, e o escritório, que formava um segundo andar numa das extremidades e cujas janelas se abriam para um beco, ocupavam a maior parte da construção. Um corredor ligava o anfiteatro à porta que dava para a travessa; o escritório comunicava-se com esse corredor por um outro lanço de escadas. Além disso, havia alguns armários embutidos escuros e um espaçoso porão. Todos foram minuciosamente examinados. Os armários não precisaram de mais do que uma olhadela, pois estavam vazios e, a julgar pelo pó que caía de suas portas, fazia muito tempo que não eram abertos. O porão estava cheio de velharias, a maior parte delas da época do cirurgião que precedeu Jekyll; já ao abrir a porta souberam que era inútil procurar ali, devido à presença de uma teia de aranha perfeita que selava a entrada. Não havia qualquer traço de Henry Jekyll onde quer que fosse, vivo ou morto.

Poole bateu os pés nas lajes do corredor.

— Deve estar enterrado aqui — disse, ouvindo o som resultante.

— Ou pode ter fugido — disse Utterson, virando-se para examinar a porta que dava para a travessa.

Estava trancada; ali perto, sobre as lajes do chão, estava a chave, já enferrujada.

— Esta chave não parece ser usada faz muito tempo — observou o advogado.

— Usada! — ecoou Poole. — O senhor não vê que está quebrada? É como se um homem a tivesse pisoteado.

— Sim — continuou Utterson —, e também nos lugares onde se quebrou está enferrujada. — Os dois homens se entreolharam, alarmados. — Isto está além de minha capacidade de compreensão, Poole — disse o advogado. — Vamos voltar ao escritório.

Subiram a escada em silêncio e, ainda com olhares ocasionais e um tanto apavorados para o corpo no chão, puseram-se a examinar mais detalhadamente o próprio escritório. Numa das mesas, havia traços de experiências químicas — vários montinhos de quantidades específicas de algum sal branco sendo colocados em pratos de vidro, como se para uma experiência que o infeliz sujeito havia sido impedido de continuar.

— Essa é a mesma droga que eu estava sempre lhe trazendo — disse Poole; no momento em que falou, a água na chaleira começou a ferver, com um ruído que lhes chamou a atenção.

Isso os levou para junto da lareira; a poltrona havia sido colocada num lugar aconchegante, junto ao fogo, e os apetrechos do chá estavam prontos, ao alcance da pessoa que ali se sentasse. O açúcar até já estava na xícara. Havia vários livros numa prateleira; um deles estava aberto ao lado dos apetrechos do chá, e Utterson ficou surpreso ao ver que era um exemplar de uma obra religiosa, pela qual Jekyll várias vezes expressara grande estima. Havia blasfêmias chocantes anotadas ali com sua própria letra.

Em seguida, continuando a busca no escritório, os dois foram até o espelho giratório, para o qual olharam com um terror involuntário. Estava posicionado, contudo, de modo a não lhes mostrar nada além dos reflexos rosados que dançavam no teto, o fogo crepitando multiplicado uma centena de vezes nas portas de vidro dos armários e seus próprios rostos pálidos e amedrontados detendo-se ali para olhar.

— Este espelho viu algumas coisas bem estranhas, senhor — sussurrou Poole.

— E com certeza nenhuma mais estranha do que ele próprio — disse o advogado, também num sussurro. — Pois o que quis Jekyll... — ele se flagrou falando tais palavras e, surpreso, controlou a própria fraqueza — ...o que poderia querer Jekyll com um espelho desses? — comentou.

— Exatamente! — disse Poole.

Em seguida, voltaram-se para a mesa de trabalho. Ali, por cima da organizada disposição dos papéis, havia um envelope que trazia, escrito com a caligrafia do médico, o nome de Mr. Utterson. O advogado abriu-o, e vários papéis inclusos caíram ao chão. O primeiro deles era um testamento, elaborado nos mesmos termos excêntricos daquele que devolvera seis meses antes. Valia tanto em caso de morte como em caso de desaparecimento, e nesse segundo caso tratava da doação de todos os bens do dr. Jekyll; mas em lugar do nome de Edward Hyde o advogado leu, com indescritível surpresa, o de Gabriel John Utterson. Olhou para Poole, voltou a olhar para o documento e por fim para o malfeitor, que jazia morto sobre o tapete.

— Minha cabeça está dando voltas — disse ele. — Ao longo de todos esses dias, ele esteve em posse deste documento; não tinha motivos para gostar de mim; deve ter ficado furioso ao se ver substituído; e não destruiu o testamento.

Apanhou o documento seguinte; era um curto bilhete escrito com a letra do médico e datado, no alto.

— Ah, Poole! — exclamou o advogado. — Ele esteve aqui, e vivo, hoje. Não pode ter sido morto em tão pouco tempo; ainda deve estar vivo, deve ter fugido! Mas, ao mesmo tempo, por que fugir? E como? E, nesse caso, será que podemos nos arriscar a afirmar que cometeu suicídio? Ah, temos que ser cuidadosos. Minha previsão é a de que talvez ainda possamos vir a envolver seu patrão em alguma terrível catástrofe.

— Por que não lê, senhor? — indagou Poole.

— Porque tenho medo — respondeu o advogado, de forma solene. — Deus queira que não haja motivo para isso!

Com isso, aproximou o papel dos olhos e leu o seguinte:

Meu caro Utterson,

Quando este bilhete lhe chegar às mãos, terei desaparecido, sob circunstâncias que não tenho condições de prever; mas meu instinto e tudo o que caracteriza minha inominável situação garantem-me que o fim é certo e que deve estar próximo. Vá, então, e leia primeiro a narrativa que Lanyon advertiu-me que iria deixar em suas mãos; se quiser saber ainda mais, recorra então à confissão de

Seu indigno e infeliz amigo,
Henry Jekyll

— Havia um terceiro documento incluso? — perguntou Utterson.

— Aqui está, senhor — disse Poole, entregando-lhe um pacote considerável selado em vários lugares.

O advogado colocou-o no bolso.

— Eu não mencionaria estes papéis. Se o seu patrão fugiu ou está morto, podemos ao menos preservar-lhe a reputação. São dez horas agora; tenho que ir para casa e ler estes documentos sozinho, com tranquilidade; mas estarei de volta antes da meia-noite, quando mandaremos chamar a polícia.

Saíram, trancando em seguida a porta do anfiteatro. Utterson, deixando mais uma vez os criados reunidos em volta da lareira, arrastou-se de volta ao seu escritório, a fim de ler as duas narrativas por meio das quais o mistério seria então elucidado.

A narrativa do dr. Lanyon

No dia 9 de janeiro, há quatro dias, recebi, pelo correio vespertino, um envelope registrado, endereçado com a letra de meu colega e antigo companheiro de estudos, Henry Jekyll. Fiquei bastante surpreso com isso, pois nunca cultiváramos o hábito da correspondência. Eu na verdade me encontrara com ele e jantara em sua companhia na véspera; não podia imaginar que algo em nosso encontro justificasse aquela formalidade. O conteúdo fez aumentar minha surpresa, pois a carta dizia o seguinte:

10 de dezembro de 18...

Caro Lanyon,

Você é um de meus mais antigos amigos; embora tenhamos discordado, às vezes, acerca de questões científicas, não consigo lembrar, pelo menos de minha parte, que esse afeto tenha algum dia se interrompido. Jamais houve um dia em que, se você me dissesse "Jekyll, minha vida, minha honra e minha sanidade mental dependem de você", eu não teria feito o possível e o impossível para ajudá-lo. Lanyon, minha vida, minha honra e minha sanidade mental estão nas suas mãos; se não me ajudar hoje à noite, estarei perdido. Após esse preâmbulo, talvez possa supor que vou pedir que concorde com algum assunto infame. Julgue por si mesmo.

Quero que adie todos os compromissos para hoje à noite — sim, mesmo que seja chamado para atender ao imperador; apanhe um tílburi, a menos que sua carruagem já esteja pronta à sua porta; e, com esta carta para orientá-lo, venha diretamente à minha casa. Já dei ordens a Poole, meu mordomo; ele o estará esperando quando chegar, com um serralheiro. A porta de meu escritório deverá então ser arrombada, e só você deve entrar ali, abrir o armário com portas de vidraça (letra E) à esquerda, quebrando a tranca se necessário. Dali, retire, com tudo o que ali estiver, do jeito que estiver, *a quarta gaveta de cima para baixo — ou (o que é a mesma coisa), a terceira de baixo para cima. No estado de aflição em que se encontra minha mente, tenho um mórbido receio de lhe dar a indicação errada; mas mesmo que seja o caso, reconhecerá a gaveta correta por seu conteúdo: alguns pós, um pequeno frasco e um caderno. Rogo-lhe que leve essa gaveta de volta consigo, como estiver, para Cavendish Square.*

Essa é a primeira parte do serviço; agora vem a segunda. Se sair logo depois de receber esta carta, deverá estar de volta bem antes da meia-noite; vou lhe dar uma margem de tempo maior, porém — não apenas por temer um daqueles obstáculos que não podem ser evitados nem previstos, mas porque o momento em que seus criados já estiverem na cama é mais conveniente, visto o que ainda terá de ser feito. À meia-noite, então, preciso pedir que fique sozinho em seu consultório, que admita você mesmo em sua casa um homem que vai se apresentar em meu nome e que lhe entregue a gaveta que levou consigo de meu escritório. Então, terá feito a sua parte e merecerá minha completa gratidão. Cinco minutos depois, se insistir em obter uma explicação, terá compreendido que todos esses arranjos são de importância capital — e que ao negligenciar algum deles, por mais que lhe pareçam fantásticos, talvez venha a sobrecarregar sua consciência com a responsabilidade pela minha morte ou pela minha completa perda de razão.

Mesmo estando eu confiante de que você não recuará diante deste apelo, meu coração afunda no peito e minhas mãos tremem diante do mero pensamento de tal possibilidade. Pense em mim neste momento, num lugar estranho, trabalhando sob uma aflição terrível que nenhuma fantasia poderia exagerar, e ainda assim bastante consciente de que, se você não falhar em me ajudar, meus problemas vão desaparecer sem deixar rastros. Ajude-me, meu caro Lanyon, e salve

Seu amigo,
H.J.

P.S. — Eu já selara esta carta quando um novo terror assolou minha alma. É possível que o correio não a entregue hoje e que ela não lhe chegue às mãos até amanhã de manhã. Assim sendo, caro Lanyon, cumpra essa missão quando lhe for mais conveniente, no decorrer do dia; e mais uma vez espere pelo mensageiro à meia-noite. Talvez já seja tarde demais. Se a noite passar e nada acontecer, saberá então que terá sido o último a ver Henry Jekyll.

Ao ler a carta, tive a certeza de que meu colega perdera a sanidade mental; mas, antes que isso fosse comprovado de modo a não deixar dúvidas, eu me sentia comprometido a agir conforme ele solicitara. Quanto menos eu compreendia aquela confusão, menos estava em posição de julgar sua importância. Um apelo naqueles termos não podia ser deixado de lado sem que se assumisse, consequentemente, uma grave responsabilidade. Levantei-me da mesa, então, entrei num tílburi alugado e fui diretamente para a porta de Jekyll. O mordomo aguardava minha chegada; recebera, também através do correio, uma carta registrada com instruções e imediatamente mandara chamar um serralheiro e um carpinteiro. Os dois chegaram enquanto ainda nos falávamos; fomos todos juntos até o antigo anfiteatro cirúrgico do dr. Denman, de onde se tem o acesso mais fácil ao escritório particular de Jekyll, como você sem dúvida sabe. A porta era muito pesada, e a tranca, excelente. O carpinteiro confessou que teria bastante trabalho e que causaria danos consideráveis se fosse necessário usar a força; o serralheiro estava à beira do desespero. Esse último, porém, era um sujeito hábil, e, após duas horas de trabalho, a porta estava aberta. O armário marcado com a letra E estava destrancado. Removi a gaveta, enchi-a de palha, embrulhei-a num pano e regressei com ela a Cavendish Square.

Ali, tratei de examinar o conteúdo. Os pós estavam preparados de maneira bem caprichosa, mas não com o esmero de um químico; estava claro, portanto, que haviam sido manufaturados pelo próprio Jekyll. Quando abri um dos pacotes, encontrei o que me pareceu um simples e cristalino punhado de sal branco. O frasco, que em seguida me detive a examinar, estava talvez cheio até a metade com um líquido cor de sangue, de aroma bastante pungente, que me parecia conter fósforo e algum éter volátil. Não fui capaz de adivinhar os outros componentes. O caderno era um caderno pautado comum contendo apenas uma série de datas, que cobriam um período de vários anos, mas observei que os registros haviam cessado um ano antes e de forma bastante abrupta. Aqui e ali, um breve comentário era acrescentado à data; normalmente não passava de uma única palavra: "duplo" apareceu talvez seis vezes num total de várias centenas de registros; uma vez, bem no início da lista e seguido de várias exclamações, lia-se o comentário "fracasso total!!!" Embora tudo isso despertasse minha curiosidade, havia poucas informações definidas. Ali estava um frasco, onde havia algum sal, e os registros de uma série de experimentos cujos resultados (como uma parte demasiadamente grande das investigações de Jekyll) não tinham qualquer utilidade prática. Como era possível que a presença daquele material em minha casa afetasse a honra, a sanidade mental ou a vida de meu colega de imaginação tão fértil? Se o seu mensageiro podia ir a um determinado lugar, por que não poderia ir a outro? E mesmo que houvesse algum impedimento, por que esse cavalheiro teria que ser recebido em segredo? Quanto mais eu refletia, mais me convencia de que estava lidando com um caso de doença mental. Embora tivesse dispensado meus criados, que foram dormir, carreguei um velho revólver, caso tivesse de recorrer à autodefesa.

Mal haviam soado as doze badaladas sobre Londres, os golpes da aldrava na porta se fizeram ouvir suavemente. Eu mesmo fui atender, e me deparei com um homem de baixa estatura, agachado junto aos pilares do pórtico.

— O senhor veio a mando do dr. Jekyll? — perguntei.

Ele me disse "sim" com um gesto contido. Quando pedi que entrasse, ele não me obedeceu sem antes lançar um olhar perscrutador para a escuridão da praça atrás dele. Havia um policial não muito longe, avançando com sua lanterna acesa; quando meu visitante o viu, tive a impressão de que se alarmou e se apressou ainda mais.

Esses detalhes particulares me intrigaram, confesso, de modo negativo; enquanto eu o seguia para dentro da sala de consultas, profusamente iluminada, deixei minha mão a postos sobre a arma. Ali, por fim, tive a oportunidade de vê-lo com clareza. Nunca pusera os olhos nele antes, isso era certo. Era baixo, como já disse; alarmou-me, além disso, a expressão chocante de seu rosto — havia ali uma notável combinação de grande atividade muscular e constituição aparentemente frágil. Além disso, uma característica não menos marcante era a perturbação estranha e subjetiva causada pelo fato de estar perto dele. Isso guardava certa semelhança com um rigor incipiente e era acompanhado por uma acentuada diminuição do pulso. Naquele momento, atribuí-o a alguma antipatia pessoal, idiossincrática, e apenas me surpreendi com o caráter agudo dos sintomas; desde então, porém, passei a ter razões para acreditar que a causa se encontrasse num nível bem mais profundo da natureza humana e me voltei para um princípio mais nobre do que o da simples aversão.

Essa pessoa (que dessa forma despertara em mim, desde o momento de sua entrada, algo que só posso descrever como sendo uma repugnante curiosidade) vestia-se de um modo que teria tornado risível uma pessoa comum; suas roupas, quero dizer, embora fossem de tecido rico e sóbrio, eram grandes demais para ela em todas as medidas — as calças penduravam-se das pernas, e as barras estavam dobradas para não tocar no chão; a cintura do colete ficava abaixo de seus quadris; o colarinho alcançava-lhe os ombros, de tão largo. Estranho dizê-lo, mas aquele vestuário ridículo estava longe de me fazer rir. Ao contrário: como havia algo de anormal e vil na própria essência da criatura que agora me encarava — algo de surpreendente e revoltante, que chamava a atenção —, aquela nova disparidade parecia tão somente se ajustar àquela impressão, reforçando-a. Assim, ao meu interesse sobre a natureza e o caráter daquele homem uniu-se a curiosidade acerca de suas origens, sua vida, sua fortuna e a posição que ocupava no mundo.

Essas observações, embora eu tenha me valido de um bom espaço para anotá-las, ocorreram-me em poucos segundos. Meu visitante estava, de fato, transtornado por uma sombria excitação.

— Está com o senhor? — exclamou. — Está com o senhor?

Sua impaciência era tão grande que ele chegou a colocar as mãos em meus ombros, a fim de me sacudir.

Fiz com que se afastasse, sentindo, ao seu toque, o sangue gelar com uma espécie de doloroso calafrio.

— Vamos, meu senhor — falei. — Esquece-se de que ainda não tive o prazer de ouvi-lo se apresentar. Sente-se, por favor.

Dei-lhe o exemplo, sentando-me por minha vez em minha poltrona habitual e com a imitação mais acurada possível de minha postura costumeira diante dos pacientes, dados a hora avançada, a natureza de minhas preocupações e o horror que eu tinha de meu visitante.

— Peço-lhe desculpas, dr. Lanyon — replicou ele, de maneira razoavelmente civilizada. — O senhor tem toda razão; minha impaciência acabou tomando a dianteira e deixando para trás minha polidez. Venho aqui a pedido de seu colega, dr. Henry Jekyll, para tratar de um assunto de certa urgência; e creio... — ele fez uma pausa e levou a mão à garganta; pude ver que, a despeito de seu comportamento contido, estava lutando contra uma crise incipiente de histeria. — Creio que uma certa gaveta...

Nesse momento, porém, apiedei-me de meu visitante, por causa do suspense em que estava — e talvez também de mim mesmo, pois minha curiosidade aumentava.

— Aqui está, senhor — disse eu, apontando para a gaveta, que estava no chão, atrás de uma mesa e ainda coberta com o pano.

Ele saltou para apanhá-la, depois se deteve, a mão sobre o coração: pude ouvir seus dentes rilhando com o movimento convulsivo das mandíbulas. Seu rosto estava tão devastado que temi tanto por sua vida quanto por sua razão.

— Controle-se — falei.

Ele se virou para mim com um sorriso medonho no rosto e, como se o desespero regesse suas ações, arrancou o pano. Ao ver o conteúdo da gaveta, deu um único soluço de tão intenso alívio que fiquei petrificado em minha poltrona. E, no momento seguinte, perguntou, numa voz que já estava bastante controlada:

— O senhor tem um copo graduado?

Levantei-me de minha poltrona com um certo esforço e lhe dei o que pedira.

Ele me agradeceu com um sorriso e um sinal da cabeça, pingou algumas gotas da tintura vermelha e adicionou um dos pós. A mistura, que a princípio tinha uma coloração avermelhada, começou, à medida que os cristais se dissolviam, a ganhar uma cor mais intensa, a efervescer de modo audível e a exalar um pouco de vapor. Subitamente a ebulição cessou, e no mesmo instante a mistura assumiu um tom de roxo escuro, que mais uma vez começou a desbotar, transformando-se num verde pálido. Meu visitante, que observara essas metamorfoses com atenção, sorriu, colocou o copo sobre a mesa e então se voltou para mim, com um olhar perscrutador:

— E agora — disse ele — vamos decidir o que fazer. O senhor será prudente? Deixará que Deus o guie? Vai permitir que eu apanhe este copo em minhas mãos e deixe sua casa sem dizer mais coisa alguma? Ou a curiosidade já o está dominando? Pense antes de responder, pois o que decidir é o que será feito. Ao decidir, ficará como estava antes; não vai se tornar nem mais rico, nem mais sábio, a menos que a sensação de ter prestado auxílio a um homem mortalmente aflito possa contar como um tipo de riqueza espiritual. Ou, se assim escolher, um novo território de conhecimento e novas avenidas da fama e do poder vão se abrir à sua frente, nesta sala, no mesmo instante; seus olhos contemplarão uma cena capaz de abalar a incredulidade de Satã.

— Meu senhor — disse eu, fingindo uma frieza que na verdade estava longe de possuir —, o senhor está falando por enigmas, e talvez não lhe cause espanto saber que suas palavras não despertam em mim uma crença muito forte. Mas já fui longe demais no caminho das tarefas inexplicáveis para parar antes de ver o fim.

— Que assim seja, então — replicou meu visitante. — Lanyon, lembre-se de seus votos: o que há de se seguir está sob o sigilo de nossa profissão. E agora, você, que há tanto tempo limita-se às visões mais estreitas e mais materialistas, você, que negou a virtude da medicina transcendental, você, que zombou de seus superiores... veja!

O homem levou o copo aos lábios e bebeu o conteúdo em um só gole. Um grito se seguiu; ele cambaleou, vacilou, agarrou-se à mesa e tentou se manter firme, encarando-me com olhos injetados, arquejante, a boca aberta. Enquanto eu olhava, acreditei ver uma mudança ocorrer — ele parecia aumentar de tamanho; seu rosto tornou-se negro subitamente e as feições pareceram dissolver-se e se alterar. No momento seguinte, eu me pus de pé num salto, recuando até a parede; ergui o braço para me proteger daquela monstruosidade. Minha mente estava tomada pelo terror.

— Ah, meu Deus — gritei —, ah, meu Deus! — repeti várias vezes.

Pois ali, diante de meus olhos, pálido, tonto e enfraquecido, tateando à sua frente como um homem que voltasse da morte — ali estava Henry Jekyll! Não sou capaz de colocar no papel o que ele me disse ao longo da hora seguinte. Vi o que vi, ouvi o que ouvi, e minha alma se revoltou com isso; mesmo agora, quando a imagem já não é tão nítida diante de meus olhos, pergunto-me se acredito no que aconteceu e não encontro resposta. As próprias raízes de minha vida foram abaladas; o sono me abandonou; o terror mais insuportável me acompanha durante todas as horas do dia e da noite. Sinto que meus dias estão contados, que devo morrer, e ainda assim morrerei incrédulo. Quanto à torpeza moral que aquele homem me revelou, mesmo que com lágrimas de penitência, me é impossível pensar a respeito, ou mesmo evocar a memória de tudo aquilo, sem estremecer de terror. Só direi uma coisa, Utterson, e será mais do que suficiente se você conseguir fazer com que sua mente acredite nela: a criatura que se arrastou até minha casa naquela noite era, segundo confissão do próprio Jekyll, conhecido pelo nome de Hyde, e procurado em cada esquina como o assassino de Carew.

Hastie Lanyon

Depoimento completo de Henry Jekyll sobre o caso

Nasci no ano de 18..., dono de uma grande fortuna, dotado, além disso, de saúde e inúmeros talentos, com uma inclinação natural para os negócios e o apreço pelo respeito dos melhores e mais sábios homens entre os meus semelhantes — assim, como seria possível supor, com todas as garantias de um futuro honrado e distinto. E, de fato, o pior de meus defeitos era uma certa alegria impaciente, uma alegria que fez a felicidade de muita gente, mas que eu tinha dificuldades em conciliar com o desejo imperativo de me manter altivo e assumir, diante do público, uma expressão de gravidade incomum. Daí adveio o fato de eu começar a esconder meus prazeres; e, ao atingir a idade da reflexão, ao começar a olhar ao meu redor e avaliar meu progresso e minha posição no mundo, já estar comprometido com uma profunda duplicidade em minha vida. Muitos homens teriam chegado a se vangloriar dessas irregularidades das quais eu me envergonhava; mas, com as elevadas aspirações que eu estabelecera para mim, encarava-as e as escondia com uma vergonha quase mórbida. Foi, portanto, a natureza exigente de minhas aspirações, mais do que alguma falha em meu caráter, que fez de mim o que sou, e separou os domínios do bem e do mal que compõem a natureza dupla dos homens escavando entre eles um fosso ainda maior do que o habitual para a maioria. Sendo assim, fui levado a refletir de modo profundo e incessante sobre essa rígida lei da vida, que está nas raízes da religião e que é um recorrente motivo de angústia. Embora vivesse intensamente essa duplicidade, em nenhum sentido poderia ser chamado de hipócrita: meus dois lados eram bastante sinceros; eu não era mais eu mesmo quando deixava de lado as restrições e mergulhava na vergonha do que quando trabalhava, à luz do sol, no aumento dos conhecimentos sobre o alívio do pesar e do sofrimento. Quis o acaso que meus estudos científicos, inteiramente dedicados ao terreno do místico e do transcendental, passassem a derramar uma luz profusa sobre essa consciência da eterna guerra entre meus dois componentes. A cada dia, e a partir de ambos os lados de minha inteligência, o moral e o intelectual, eu chegava mais perto dessa verdade, cuja parcial descoberta me condenara à ruína: o homem não é verdadeiramente um ser, mas dois. Digo dois porque meu conhecimento, no estágio em que se encontra, não vai além desse ponto. Outros hão de se seguir, outros irão me superar neste mesmo objeto de pesquisa; arrisco o palpite que o homem acabará por ser conhecido como uma mera sociedade organizada de habitantes independentes, variados e incongruentes. Eu, de minha parte, dada a natureza de minha vida, avançava de modo infalível numa única direção. Foi a partir do lado moral existente em minha própria pessoa que aprendi a reconhecer a profunda e primitiva dualidade do homem; vi que, das duas naturezas que lutavam no campo da minha consciência, podia-se afirmar com correção que eu era qualquer uma das duas, mas isso apenas porque eu era radicalmente ambas. Desde muito cedo, antes mesmo que o rumo de minhas descobertas científicas começasse a sugerir a mais remota possibilidade de tal milagre ocorrer, eu aprendera a conviver de forma prazerosa com a ideia da separação desses elementos, como se fosse um adorável devaneio. Se cada um deles, eu dizia a mim mesmo, pudesse ser acomodado numa identidade diferente, a vida poderia ficar livre de tudo o que era insuportável: o injusto poderia seguir seu caminho, liberado das aspirações e dos remorsos de seu duplo mais íntegro; e o justo poderia trilhar de modo inabalável e seguro sua estrada ascendente, dedicando-se às boas ações que lhe davam prazer e não mais exposto à desgraça e à penitência pelas mãos daquele mal extrínseco. A maldição da humanidade era o fato de aqueles dois lados incongruentes estarem unidos — de que no útero angustiado da consciência aqueles duplos polarizados tivessem que ficar continuamente lutando. Como, então, seriam dissociados?

Até esse ponto eu avançara em minhas reflexões quando, como disse, uma luz lateral começou a iluminar o assunto, vinda da mesa de meu laboratório. Comecei a perceber, mais profundamente do que até então fora afirmado, a imaterialidade vacilante, a efêmera transcendência deste corpo aparentemente tão sólido com que nos revestimos. Descobri que certos reagentes tinham o poder de abalar e fazer recuar essa vestimenta de carne, como o vento agita as cortinas de um pavilhão. Por dois motivos importantes, não entrarei nos pormenores científicos desta parte de minha confissão.

O primeiro deles é o fato de ter aprendido que nosso fardo e nosso destino pesam eternamente sobre nossos próprios ombros, e, quando tentamos nos livrar desse peso, só o que conseguimos é fazer com que regresse com uma pressão ainda mais terrível e desconhecida. O segundo é o fato de minhas descobertas estarem incompletas — como, ai de mim!, minha narrativa há de deixar claro. Basta dizer, portanto, que eu não apenas reconheci meu corpo natural a partir da simples aura e fulgor de algumas das forças que compõem meu espírito, mas também consegui preparar uma droga através da qual essas forças perdiam a supremacia, sendo substituídas por uma segunda forma e fisionomia — não menos naturais, porque eram a expressão de elementos inferiores de minha alma, e traziam sua marca.

Hesitei muito antes de fazer com que essa teoria fosse posta em prática. Bem sei que me arrisquei a morrer, pois qualquer droga capaz de controlar de forma tão poderosa e abalar os próprios pilares da identidade poderia, no caso de uma dose forte demais ou da menor inconveniência no momento da administração, destruir completamente aquele tabernáculo incorpóreo que eu a ela recorria para modificar. A tentação de fazer uma descoberta tão singular e profunda me levou, porém, a superar afinal todos aqueles receios. Fazia muito tempo que eu preparara minha tintura; numa única ocasião comprara, de químicos que vendiam por atacado, uma grande quantidade de um certo sal que sabia, a partir de minhas experiências, ser o último ingrediente necessário. Numa noite amaldiçoada, já tarde, misturei os elementos e os observei ferver e fumegar juntos no copo. Quando a ebulição cessou, muni-me de uma grande dose de coragem e bebi a poção.

Sucederam-se as dores mais torturantes: meus ossos foram como que moídos, eu sentia uma náusea terrível, e meu espírito estava aterrorizado a um nível que nem mesmo a hora do nascimento ou a da morte poderiam exceder. Essas agonias aos poucos começaram a diminuir, e voltei a mim como se saísse de uma grave enfermidade. Havia algo de estranho em minhas sensações, algo de indescritivelmente novo e, devido à sua própria novidade, bastante agradável. Eu me sentia fisicamente mais jovem, mais leve, mais feliz; por dentro, estava consciente de uma estonteante irresponsabilidade, de uma torrente de imagens sensuais e desordenadas correndo em minha imaginação como dentro de uma calha de moinho, de uma dissolução dos laços que me uniam às obrigações e de uma desconhecida mas não inocente liberdade de espírito. Eu sabia, desde o primeiro instante de existência dessa nova vida, que eu era mais perverso, dez vezes mais perverso, um escravo de minha maldade original. Essa noção, naquele momento, me animou e agradou como se fosse vinho. Estiquei as mãos, exultante com o frescor dessas sensações; ao fazer esse gesto, subitamente me dei conta de que minha estatura diminuíra.

Não havia um espelho em meu escritório, à época. Esse que agora aqui se encontra, enquanto escrevo, foi trazido mais tarde, com o único objetivo de acompanhar essas transformações. A noite, contudo, já avançara madrugada adentro — madrugada que, negra como estava, já se encontrava quase pronta para conceber o dia; os moradores de minha casa estavam trancados nas mais profundas horas do sono, e decidi, num ímpeto de esperança e de triunfo, arriscar-me a ir até meu quarto em minha nova forma física. Atravessei o pátio, e o olhar das estrelas estava sobre mim — um olhar surpreso, eu poderia ter pensado, pois eu era a primeira criatura daquele tipo que sua vigilância insone jamais lhes revelara. Avancei furtivamente pelos corredores, um estranho em minha própria casa; chegando ao meu quarto, contemplei pela primeira vez Edward Hyde.

Aqui, devo falar com base apenas em meus conhecimentos teóricos — não sobre aquilo que sei, mas sobre o que suponho ser o mais provável. O lado mau de minha natureza, ao qual eu agora transferira uma eficácia marcante, era menos robusto e menos desenvolvido do que o lado bom que eu acabara de depor. Afinal, no curso da minha vida — que, na verdade, havia sido noventa por cento uma vida de esforços, virtude e controle — esse lado havia sido bem menos exercitado. Daí, creio eu, o fato de Edward Hyde ser tão menor, tão mais frágil e jovem do que Henry Jekyll. Do mesmo modo como a bondade transparecia no rosto do segundo, a maldade estava inscrita com todas as letras na face do primeiro. Além disso, o mal (que ainda creio ser o lado letal do ser humano) deixara naquele corpo a marca da deformidade e da deterioração. Ainda assim, quando eu olhava para o feio vulto no espelho, o que sentia não era repugnância — era, antes, um desejo de pular para lhe dar as boas-vindas. Aquele ali também era eu. Parecia-me natural e humano. Trazia, a meus olhos, uma imagem mais viva do espírito; parecia mais claro e mais íntegro do que o semblante imperfeito e dividido que eu até então estivera acostumado a chamar de meu. Nesse ponto, eu tinha sem dúvida razão. Mais tarde, pude observar que todas as vezes que usava a forma física de Edward Hyde ninguém conseguia se aproximar de mim sem uma visível repugnância física. Creio que isso se devesse ao fato de que todos os seres humanos, quando os encontramos, são uma mistura do bem e do mal — e só Edward Hyde, em meio a toda a humanidade, era puro mal.

Não me demorei mais do que um instante na frente do espelho. A segunda e conclusiva experiência ainda tinha que ser realizada; ainda seria preciso verificar se eu perdera definitivamente minha identidade e se teria que fugir antes do nascer do sol, de uma casa que já não era minha. Voltando às pressas ao meu local de trabalho, preparei e bebi outra vez a mistura, senti outra vez as dores da dissolução e me recobrei outra vez com a personalidade, a estatura e o rosto de Henry Jekyll.

Naquela noite, cheguei à encruzilhada fatal. Se eu tivesse encarado minha descoberta com um espírito mais nobre, se tivesse arriscado fazer aquela experiência motivado por aspirações generosas ou piedosas, tudo poderia ter sido diferente; daquelas agonias de morte e vida, eu teria ressurgido como um anjo, e não como um demônio. A droga não possuía ação discriminatória; não era nem diabólica e nem divina. Abalou, porém, as portas do cárcere do meu temperamento; como os prisioneiros de Filipos, o que estava do lado de dentro correu para fora. Naquele momento, minha virtude cochilava. Minha maldade, que a ambição mantinha acordada, foi ligeira e hábil o suficiente para se aproveitar da ocasião. O que se projetou, então, foi Edward Hyde. Dali em diante, embora eu passasse a ter duas personalidades, bem como duas aparências, uma era inteiramente má, e a outra era o velho Henry Jekyll; combinação incongruente cuja correção eu já aprendera a perder as esperanças de obter. O movimento, portanto, era inteiramente rumo ao pior.

Mesmo naquela época, eu ainda não dominara minha aversão à sisudez de uma vida voltada para os estudos. Ainda sentia vontade de me divertir às vezes; como meus prazeres eram (para dizer o mínimo) vis, e como eu não somente era conhecido e tido em alto apreço como também estava envelhecendo, essa incoerência da minha vida tornava-se mais indesejável a cada dia. Foi nesse sentido que meu novo poder me tentou, até eu me tornar seu escravo. Só o que tinha de fazer era beber a poção, e na mesma hora me descartava do corpo do renomado professor para assumir, como se fosse um disfarce, o de Edward Hyde. Eu sorria diante dessa ideia, que me parecia, à época, jocosa; fiz meus preparativos com todo cuidado. Comprei e mobiliei aquela casa no Soho, à qual a polícia chegou, procurando por

Hyde, e contratei como empregada uma criatura que eu sabia bem ser silenciosa e inescrupulosa. Paralelamente, anunciei aos meus criados que um certo Mr. Hyde (que lhes descrevi) deveria ter total liberdade em minha casa na praça, e autoridade sobre ela; para evitar contratempos, cheguei a fazer visitas e me tornar familiar em minha segunda personalidade. Em seguida, elaborei aquele testamento ao qual você fez tantas objeções, a fim de que, se alguma coisa me ocorresse na pessoa do dr. Jekyll, eu pudesse ingressar na de Edward Hyde sem perder meus bens. Assim, resguardado por todos os lados, como supunha estar, comecei a aproveitar as estranhas imunidades de minha posição.

Já houve homens que contrataram malfeitores para levar a cabo seus crimes, enquanto eles próprios e sua reputação ficavam a salvo. Eu fui o primeiro que fez isso em nome de seus prazeres. Fui o primeiro capaz de caminhar sob os olhares públicos com enorme respeitabilidade social e, num momento, como um garoto, despir esses aparatos de empréstimo e mergulhar de cabeça no mar da liberdade. Mas para mim, por trás de meu manto impenetrável, a segurança era completa. Pense nisso: eu nem mesmo existia! Só o que eu precisava era fugir para o meu laboratório, gastar um segundo ou dois preparando e bebendo a poção que eu sempre deixava a postos, e Edward Hyde, o que quer que ele tivesse feito, desapareceria como o vapor da respiração sobre a superfície de um espelho. Em seu lugar, na tranquilidade de casa, ajeitando o lampião em seu estúdio, no meio da noite, estaria Henry Jekyll.

Os prazeres que me apressei em buscar disfarçado eram, como disse, vis; eu não chegaria a usar um adjetivo mais forte. Nas mãos de Edward Hyde, porém, logo começaram a se tornar monstruosos. Quando eu regressava dessas excursões, mergulhava com frequência numa espécie de admiração diante de minha depravação indireta. Aquele ser familiar, que eu extraíra de minha própria alma e que soltara no mundo sozinho para fazer o que lhe aprouvesse, era um ser de malignidade e vilania inerentes; cada ato e pensamento seu era centrado em sua própria pessoa; ele bebia o prazer com uma avidez bestial, independentemente do grau de tortura que causasse a outrem; era implacável como um homem de pedra. Às vezes Henry Jekyll ficava horrorizado diante dos atos de Edward Hyde, mas a situação não envolvia as leis comuns, e insidiosamente relaxava o controle da consciência. Era Hyde, afinal de contas, e somente Hyde, o culpado. Jekyll não mudara em nada;

despertava outra vez e encontrava todas as suas qualidades aparentemente inalteradas. Chegava a se apressar para desfazer os males operados por Hyde, quando isso era possível. Assim, sua consciência continuava adormecida.

Nos detalhes das infâmias com que fui, desse modo, conivente (pois mesmo agora mal posso admitir tê-las cometido), não tenho a intenção de entrar. O que desejo é apenas destacar as advertências e os sucessivos passos com que meu castigo se aproximava. Houve um incidente que, como não tenha trazido consequências, vou me limitar a mencionar: um ato de crueldade para com uma criança despertou contra mim a ira de um transeunte, que outro dia reconheci na pessoa de seu parente; o médico e a família da menina se uniram a ele. Houve momentos em que temi por minha vida. Afinal, para apaziguar seu ressentimento mais do que justo, Edward Hyde teve que os levar até sua porta e dar-lhes um cheque no nome de Henry Jekyll. Esse perigo, contudo, foi logo eliminado do futuro, através da abertura de uma conta em outro banco, no nome do próprio Edward Hyde; quando, ao inclinar minha mão para trás, criei uma assinatura para o meu duplo, achei que estava me colocando além do alcance do destino.

Cerca de dois meses antes da morte de Sir Danvers, eu estive fora numa de minhas aventuras, voltei para casa tarde e acordei no dia seguinte em minha cama com uma sensação um tanto esquisita. Foi em vão que olhei ao meu redor; em vão vi a boa mobília e a amplidão de meu quarto na praça; em vão reconheci o padrão da cortina da cama e o desenho da estrutura de mogno. Algo continuava a dizer-me que eu não estava onde estava, que eu não despertara onde parecia me encontrar, mas, sim, no quartinho do Soho onde me acostumara a dormir no corpo de Edward Hyde. Sorri para mim mesmo e, como é de meu feitio psicológico, comecei a me indagar, de forma indolente, quais seriam os elementos daquela ilusão; ocasionalmente, mesmo ao refletir, voltava a me deixar levar por um confortável cochilo matinal. Ainda me encontrava assim quando, num dos momentos em que estava mais desperto, meus olhos encontraram minhas mãos. A mão de Henry Jekyll, como você já observou com frequência, era profissional em formato e tamanho. Era grande, firme, branca e bonita. A mão que vi naquele momento, porém, com nitidez suficiente, na luz amarelada de uma já avançada manhã londrina e meio encoberta pelos lençóis, era magra, com os tendões e os nós dos dedos proeminentes, de uma tez sombria e coberta de pelos escuros. Era a mão de Edward Hyde.

Devo tê-la ficado observando por quase meio minuto, mergulhado como estava na lentidão de raciocínio causada pela surpresa, antes que o terror despertasse em meu peito de forma tão súbita e alarmante quanto dois pratos batendo. Saltando da cama, corri até o espelho. Diante daquela visão, meu sangue se viu transformado numa substância muito rala e gélida. Sim, eu havia ido para a cama Henry Jekyll e acordara Edward Hyde. "Como explicá-lo?", perguntei-me; e então, com outro pulo de terror: como remediá-lo? A manhã já ia avançada; os criados estavam acordados e minhas drogas, no laboratório. De onde eu me encontrava, tomado pelo terror, seria uma longa viagem por dois lanços de escada, da saída dos fundos, do pátio aberto e do anfiteatro de anatomia. Talvez fosse possível cobrir o rosto — mas de que adiantava, quando eu era incapaz de esconder a mudança em minha estatura? Então, com um alívio indescritível, lembrei-me de que meus criados já estavam habituados às idas e vindas de meu segundo eu. Logo depois, já me vestira, da melhor forma possível, procurando roupas de meu tamanho, e saíra pela casa, onde Bradshaw pareceu surpreso, depois recuou ao ver Mr. Hyde numa hora daquelas e em trajes tão estranhos. Dez minutos mais tarde, dr. Jekyll voltara à sua antiga forma e sentava-se, o cenho carregado, para fingir que tomava o café da manhã.

Meu apetite era mesmo pouco. Aquele incidente inexplicável, aquela reversão de minha experiência prévia parecia estar, como o dedo que na Babilônia escrevia no muro, dizendo em voz alta o resultado de meu julgamento; comecei a refletir com mais seriedade do que nunca nas implicações e possibilidades de minha dupla existência. Aquela parte de mim que eu tinha o poder de projetar havia sido bastante exercitada e alimentada ultimamente; parecia-me que recentemente o corpo de Edward Hyde crescera em estatura — como se, quando eu usava aquela forma, tivesse consciência do sangue correndo em maior profusão por minhas veias. Comecei a entrever o perigo, se isso se prolongasse por muito tempo, de que o equilíbrio de minha natureza fosse permanentemente destruído, eu me visse privado do poder da mudança voluntária e a personalidade de Edward Hyde se tornasse a minha de forma irrevogável. A força daquela droga nem sempre operava do mesmo modo. Certa vez, bem no início de minhas experiências, chegara a falhar por completo. Desde então, em mais de uma ocasião me vi obrigado a dobrar a dose — certa vez, com grande risco de morte, tive mesmo que a triplicar. Essas raras incertezas eram a única sombra em meu contentamento. Agora, porém, à luz do incidente daquela manhã, fui obrigado a me dar conta de que, enquanto no começo a dificuldade era me livrar do corpo de Jekyll, a situação ultimamente se invertera, de forma gradual, mas incontestável. Tudo parecia apontar, portanto, nessa direção: eu estava aos poucos perdendo o controle de meu lado melhor e original, e aos poucos incorporando o segundo e pior lado.

Senti, então, que precisava escolher entre os dois. Minhas duas naturezas tinham a memória em comum, mas todas as outras faculdades dividiam-se entre elas de modo bastante desigual. Jekyll, que era múltiplo, projetava, ora com as maiores apreensões, ora com um entusiasmo voraz, os prazeres e as aventuras de Hyde, compartilhando-os; mas Hyde era indiferente a Jekyll, ou apenas se recordava dele como o bandido das montanhas se lembra da caverna em que se esconde, quando perseguido. Jekyll tinha mais do que um interesse paterno; Hyde, mais do que uma indiferença filial. Unir-me a Jekyll significava abrir mão daqueles apetites com os quais eu fora indulgente por muito tempo, em segredo, e com os quais ultimamente começara a me deleitar. Unir-me a Hyde significava abrir mão de mil interesses e aspirações, e me tornar, num único instante e para sempre, desprezado e sem amigos. A transação podia parecer desigual, mas ainda havia outras considerações a fazer. Pois, enquanto Jekyll sofreria violentamente no inferno da abstinência, Hyde nem sequer teria consciência daquilo que perdera. Embora aquelas circunstâncias fossem inusitadas, os termos daquele debate eram tão antigos e tão comuns quanto o próprio homem; muitas vezes os mesmos atrativos e alarmes haviam decidido a sorte de pecadores seduzidos e trêmulos. Aconteceu comigo, como ocorre com a vasta maioria de meus semelhantes, ter escolhido a melhor parte e me encontrar desprovido de forças para conservá-la.

Sim, preferi o médico mais velho e insatisfeito, cercado de amigos e alimentando esperanças honestas; despedi-me de forma resoluta da liberdade, da relativa juventude, dos passos ágeis e leves, dos impulsos espontâneos e dos prazeres secretos de que eu desfrutava disfarçado de Hyde. Talvez tenha feito essa escolha com alguma reserva inconsciente, pois nem me desfiz da casa no Soho, nem destruí as roupas de Edward Hyde, que ainda estavam em meu escritório. Por dois meses, contudo, mantive-me firme em minha determinação; por dois meses, levei uma vida de severidade tal como nunca antes alcançara, mas desfrutei das compensações de uma consciência tranquila. Mas por fim o tempo começou a obliterar o receio a princípio tão nítido: os louvores da consciência começaram a se transformar em algo corriqueiro; comecei a ser torturado por espasmos violentos e desejos, como se Hyde lutasse por sua liberdade. Por fim, num momento de fraqueza moral, preparei e bebi a poção transformadora.

Não suponho que um bêbado, ao refletir consigo mesmo sobre seu vício, seja afetado uma vez entre quinhentas pelos perigos aos quais se sujeita graças à sua brutal insensibilidade física. Tampouco eu, por mais demoradamente que tenha considerado minha posição, cheguei a dar poder total à completa insensibilidade moral e à prontidão insensata para cometer atos maldosos, características principais de Edward Hyde. No entanto, por elas eu fui punido. Meu demônio ficara muito tempo aprisionado; surgiu urrando. No momento mesmo em que eu bebia a poção, tinha consciência de uma propensão ainda mais descontrolada e furiosa para o mal. Deve ter sido isso, suponho, o que provocou em minha alma aquela tempestade de impaciência com que eu ouvia as civilidades de minha infeliz vítima; declaro, pelo menos diante de Deus, que nenhum homem moralmente são poderia ter sido culpado daquele crime a partir de uma provocação tão pequena, e que dei os golpes movido num espírito não mais razoável do que o que leva uma criança a quebrar um brinquedo. Eu me havia voluntariamente privado, porém, da busca instintiva do equilíbrio que leva até mesmo o pior entre nós a continuar caminhando com uma certa retidão em meio às tentações. Em meu caso, sentir-me tentado, mesmo que minimamente, equivalia a ceder.

Imediatamente, o espírito infernal despertou dentro de mim, furioso. Tomado pelo prazer, espanquei o corpo que não opunha resistência, regozijando-me a cada golpe. Só quando comecei a me ver vencido pelo cansaço, senti, subitamente, no auge de meu delírio, um calafrio de terror me atravessar o coração. Um nevoeiro se dissipou; vi que minha vida estava perdida e fugi do local daqueles excessos, a um tempo ufanando-me e tremendo, a luxúria do mal gratificada e estimulada, meu amor pela vida alçado ao máximo. Corri para a casa no Soho e, para me garantir, destruí meus papéis; saí então para as ruas iluminadas pelos lampiões, no mesmo dividido êxtase mental — regozijando-me com meu crime, planejando de forma delirante outros no futuro e ao mesmo tempo apressando-me e temendo ouvir os passos de um vingador. Hyde cantarolava uma música enquanto preparava a poção e, ao bebê-la, brindou ao morto. As dores agudas da transformação ainda não haviam cessado quando Henry Jekyll, com lágrimas de gratidão e remorso, caiu de joelhos, erguendo suas mãos unidas aos céus. O véu da autoindulgência estava rasgado de cima abaixo. Vi minha vida como um todo: acompanhei-a desde os dias de minha meninice, quando eu caminhava de mãos dadas com meu pai, e através dos árduos e abnegados trabalhos de minha vida profissional, chegando sempre e com a mesma sensação de irrealidade aos horrores malditos daquela noite. Por pouco não gritei; com lágrimas e oração, tentei sufocar a enormidade de imagens e sons abomináveis que minha memória invocava contra mim. Mesmo assim, a despeito de minhas súplicas, o feio rosto de minha iniquidade contemplava minha alma. Conforme a agudeza do remorso abrandava, seguiu-se uma grande alegria. O problema de minha conduta estava resolvido. Dali em diante, Hyde seria impossível. Quisesse eu ou não, agora estava confinado à melhor parte de minha existência. Ah, como exultei ao pensar nisso! Com quanta humildade voltei a abraçar, de bom grado, as restrições da vida natural! Com que sincera renúncia tranquei a porta pela qual tantas vezes entrara e saíra, pisando na chave e destruindo-a!

No dia seguinte, chegaram as notícias de que o assassinato havia sido esclarecido, que a culpa de Hyde era óbvia para todos e que a vítima era um homem de grande estima pública. Não havia sido apenas um crime, mas uma trágica insensatez. Acho que fiquei satisfeito em sabê-lo; acho que fiquei satisfeito em ter meus melhores impulsos assim apoiados e resguardados pelos terrores do cadafalso. Jekyll era agora meu local de refúgio; mas se Hyde aparecesse, por um instante que fosse, as mãos de todos os homens estariam a postos para apanhá-lo e dar cabo dele.

Decidi que com minha futura conduta haveria de redimir o passado, e posso dizer com alguma honestidade que essa resolução deu alguns bons frutos. Você mesmo sabe com que seriedade trabalhei, nos últimos meses do ano passado, para aliviar o sofrimento; sabe o quanto fiz pelos outros, e que para mim os dias passavam de modo tranquilo e quase feliz. Tampouco posso afirmar que tenha, na verdade, me cansado dessa vida de bondade e inocência. Creio, ao contrário, que a cada dia gostava mais dela. Ainda pesava sobre mim, porém, a maldição da dualidade de propósitos; quando o primeiro e mais intenso impulso de me penitenciar se esvaiu, meu lado inferior, que eu por tanto tempo saciara e que estava preso havia tão pouco, mais uma vez começou a resmungar, pedindo passagem. Não que eu sonhasse em ressuscitar Hyde; a simples ideia de fazê-lo me lançava num verdadeiro frenesi. Não, foi em minha própria pessoa que eu mais uma vez me senti tentado a zombar da consciência, e foi como um pecador comum e secreto que mais uma vez cedi ante os assaltos da tentação.

Todas as coisas têm um fim; até mesmo a medida mais ampla um dia se encontra preenchida. Aquela breve condescendência para com o mal finalmente destruiu o equilíbrio de meu espírito. Ainda assim, não me alarmei; a queda parecia natural, como um retorno aos velhos dias que antecederam minha descoberta. Foi num dia bonito e agradável de janeiro. O chão estava molhado sob meus pés, nos lugares onde a neve derretera, mas não havia nuvens no céu. O Regent's Park estava tomado pelos gorjeios do inverno e pelos doces aromas da primavera. Sentei-me num banco, sob o sol; o animal dentro de mim lambendo os nacos da memória; o lado espiritual um tanto sonolento, prometendo subsequente penitência, mas ainda pouco disposto a começar. Afinal, refleti, eu era como meus vizinhos; sorri, então, comparando minha ativa boa vontade com a indolente crueldade de sua negligência. No exato instante em que assim me vangloriava, em meus pensamentos, senti uma apreensão, uma náusea terrível e comecei a tremer intensamente. Essas sensações passaram, deixando-me quase desmaiado. Quando por sua vez essa enorme fraqueza também passou, comecei a tomar consciência de uma mudança na natureza de meus pensamentos, uma maior ousadia, um desdém pelo perigo, uma dissolução dos elos de minhas obrigações. Baixei os olhos; minhas roupas pendiam disformes de meus membros encolhidos; a mão pousada sobre meu joelho tinha os tendões salientes e era coberta de pelos. Mais uma vez, eu era Edward Hyde. Um momento antes, eu contava com o respeito de todos os homens, era rico e adorado — a mesa estava posta para mim em minha sala de jantar. Agora, era uma presa comum no meio da humanidade, perseguido, sem moradia, um conhecido assassino, destinado à forca.

Minha razão vacilou: mas não me abandonou de todo. Mais de uma vez observei que, em minha segunda personalidade, minhas faculdades parecem aguçadas, e minha disposição de espírito, mais elástica. Ocorreu, assim, que, onde Jekyll talvez teria sucumbido, Hyde pôde agir, sabendo da importância daquele momento. Minhas drogas estavam num dos armários do escritório; como obtê-las? Esse foi o problema que me pus a tentar solucionar, pressionando as têmporas com as mãos. A porta do laboratório eu fechara. Se tentasse entrar pela casa, meus próprios criados iriam me enviar à forca. Vi que teria de usar a mão de outra pessoa e pensei em Lanyon. Como chegar a ele? Como persuadi-lo? Mesmo que eu conseguisse escapar de ser preso na rua, como chegar até ele? E como eu, um visitante desconhecido e desagradável, convenceria o famoso médico a saquear o estúdio de seu colega, dr. Jekyll? Lembrei-me, então, que de minha personalidade original restava-me uma parte: podia escrever com a mesma caligrafia. Uma vez essa centelha se acendendo em minha mente, o caminho que eu teria de seguir se iluminou do começo ao fim.

Em seguida, arrumei minhas roupas da melhor forma possível e, chamando um tílburi de aluguel que passava, fui para um hotel em Portland Street, de cujo nome por acaso me lembrava. Diante de minha aparência (que era de fato bem cômica, por mais que aquelas roupas cobrissem um destino trágico), o cocheiro não conseguiu esconder sua hilaridade. Rangi os dentes para ele com um acesso de fúria diabólica, e o sorriso desapareceu de seus lábios — para sorte sua e mais ainda para minha sorte, pois mais um instante e eu com certeza o teria puxado do assento onde se empoleirava. Ao entrar no hotel, olhei ao meu redor com uma expressão tão sombria no rosto que fiz todos os atendentes estremecerem. Não trocaram um olhar em minha presença, mas cumpriram minhas ordens de maneira servil, conduziram-me a uma sala privativa e me levaram material para escrever. Hyde em perigo de vida era uma criatura nova para mim; tomado por uma ira incomum, tenso a ponto de cometer assassinato, desejando ardentemente infligir dor. A criatura, porém, era astuta: dominou sua fúria com grande força de vontade e escreveu duas cartas importantes, uma para Lanyon, outra para Poole. Para ter certeza de que seriam postadas, enviou-as com a orientação de que fossem registradas. Daquele momento em diante, ficou o dia inteiro sentado na sala privativa, roendo as unhas. Ali jantou, sozinho com seus medos, o garçom visivelmente intimidado diante de seus olhos. Em seguida, quando a noite caiu, foi para a rua e, sentado num canto de uma carruagem fechada, fez-se conduzir para um lado e para o outro pela cidade. Digo ele, pois não posso dizer eu. Aquele filho do Inferno não tinha nada de humano; nada havia nele exceto o medo e a ira. E quando, por fim, achando que o cocheiro começara a suspeitar dele, dispensou a carruagem e se arriscou a seguir a pé, vestido com suas roupas desajustadas, um homem capaz de chamar a atenção em meio aos outros transeuntes noturnos, essas duas paixões vis se intensificavam nele como uma tempestade. Ele andava rápido, perseguido por seus medos, falando consigo mesmo, esquivando-se para as ruas menos movimentadas, contando os minutos que ainda faltavam até a meia-noite. Numa ocasião, uma mulher lhe falou, oferecendo, creio eu, uma caixa de fósforos. Ele a golpeou no rosto, e ela fugiu.

Quando voltei a mim na casa de Lanyon, o horror de meu velho amigo talvez tenha de certa forma me afetado. Não sei; foi apenas uma gota no oceano da repulsa com que passei a encarar aquelas horas. Uma mudança ocorrera em mim. Já não era mais o medo da forca, mas, sim, o horror de ser Hyde que me torturava. Recebi a condenação de Lanyon num estado quase que de sonho, e foi nesse mesmo estado que voltei para minha própria casa e fui para a cama. Após a prostração daquele dia, dormi um sono profundo que nem mesmo os pesadelos que me assediavam conseguiram interromper. Pela manhã, acordei abalado, enfraquecido, mas revigorado. Ainda abominava e temia a ideia daquele ser cruel adormecido dentro de mim, e evidentemente não esquecera os aterradores perigos da véspera; mas estava outra vez em minha própria casa e perto de minhas drogas. A gratidão que eu sentia por ter conseguido fugir brilhava tão forte em minha alma que quase rivalizava com o resplendor da esperança.

Eu andava sossegado pelo pátio após o café da manhã, respirando com prazer o ar frio, quando mais uma vez fui tomado por aquelas indescritíveis sensações que anunciavam a mudança. Só tive tempo de correr para o refúgio de meu escritório antes de me encontrar mais uma vez enfurecido e frio com as paixões de Hyde. Nessa ocasião, tomei uma dose dupla para voltar ao normal, mas, ai de mim!, seis horas mais tarde, enquanto eu me sentava e olhava tristemente para o fogo, as dores agudas voltaram e tive de administrar novamente a droga. Resumindo, daquele dia em diante, parecia-me que só através de um grande esforço igual ao da ginástica e somente sob o efeito imediato da droga eu conseguia manter o corpo e a personalidade de Jekyll. A qualquer hora do dia ou da noite me vinham os tremores premonitórios; e sobretudo se eu adormecesse, ou mesmo se cochilasse por um momento em minha cadeira, era sempre como Hyde que despertava. Sob a tensão daquela sina sempre iminente e pela privação de sono à qual eu então me condenara — sim, mesmo além do que eu considerara possível para um homem — tornei-me, em minha personalidade original, uma criatura enervada e esvaziada pela febre, lânguida e enfraquecida tanto no corpo quanto na alma, e obcecada por um único pensamento: o horror de meu outro eu. Ao dormir, porém, ou quando o efeito do remédio passava, eu saltava quase sem transição (pois as dores que a anunciavam se tornavam menos nítidas a cada dia) para um estado em que um devaneio repleto de imagens de terror me possuía, em que minha alma fervia com um ódio sem causa e meu corpo não parecia forte o suficiente para conter as furiosas energias vitais. Os poderes de Hyde pareciam ter crescido com a doença de Jekyll. E com certeza o ódio que agora os apartava era igual em ambos os lados. Com Jekyll, era fruto de um instinto vital. Ele agora vira a total deformidade daquela criatura como quem compartilhava alguns dos fenômenos da consciência, e que com ele herdaria a morte: além desses vínculos, que aliás representavam a parte mais pungente de sua agonia, ele pensava em Hyde, apesar de toda sua energia vital, como algo não apenas infernal mas também inorgânico. Isso era o mais chocante: que o limo do poço parecesse gritar e falar; que a poeira amorfa gesticulasse e pecasse; que o que estava morto e não tinha forma viesse se apropriar dos domínios da vida. E mais ainda, que aquele horror insurgente estivesse mais unido a ele do que uma esposa, mais perto do que um olho; encontrava-se preso em sua carne, onde o escutava murmurar e o sentia lutar para nascer; e a cada momento de fraqueza ou durante a segurança do sono prevalecia sobre ele, depondo-o de sua própria vida. O ódio de Hyde por Jekyll era de outra ordem. O horror que sentia da forca levava-o a cometer continuamente um suicídio temporário, regressando à sua posição subordinada e continuando a ser apenas uma parte, em vez de uma pessoa. Ele abominava essa necessidade, porém; abominava o desânimo que se abatera sobre Jekyll e ressentia-se da aversão que ele próprio agora despertava. Daí as peças simiescas que me pregava, rabiscando com minha própria caligrafia blasfêmias nas páginas de meus livros, queimando as cartas e destruindo o retrato de meu pai. Na verdade, se não fosse pelo medo que tinha da morte, ele teria arruinado a si mesmo muito antes, a fim de causar a minha ruína. O amor que tem pela vida é, porém, maravilhoso. Digo mais: eu, que fico enojado e que enregelo só de pensar nele, quando me lembro do aviltamento e da paixão desse vínculo, e quando sei que ele teme meu poder de eliminá-lo cometendo suicídio, encontro em meu coração piedade por ele.

É inútil prolongar esta descrição, e o tempo é curto demais. Ninguém jamais sentiu tormentos como esses; que seja suficiente dizê-lo. E mesmo a essas pessoas, o hábito lhes trouxe, se não alívio, pela menos uma certa dureza da alma, uma certa aquiescência diante do desespero, e minha punição poderia ter se prolongado durante anos se não fosse a última calamidade que ocorreu, e que finalmente me apartou de minha própria face e natureza. Minha provisão do sal, que jamais fora renovada desde a época da experiência, começou a escassear. Mandei buscar uma nova remessa e preparei a poção; a ebulição se seguia, e a primeira mudança de coloração, mas não a segunda. Eu bebia, e a poção não fazia efeito. Poole dirá a você que revistei Londres inteira; foi em vão. Fui levado a crer que minha primeira remessa era impura e que foi essa desconhecida impureza a responsável pela eficácia da poção.

Cerca de uma semana se passou, e agora termino este depoimento sob a influência do que me resta de meus antigos poderes. Esta, então, é a última vez, a menos que um milagre aconteça, que Henry Jekyll é capaz de pensar seus próprios pensamentos e ver seu próprio rosto (agora já tristemente modificado!) no espelho. Não devo me demorar demais em concluir esta narrativa; pois, se estas páginas até aqui escaparam à destruição, foi devido a uma combinação de enorme prudência e muita sorte. Se os espasmos violentos da mudança me atingirem enquanto escrevo, Hyde fará minha narrativa em pedaços. Se algum tempo tiver se passado, porém, depois de concluída, seu maravilhoso egoísmo e sua circunscrição ao momento presente provavelmente irão salvá-la mais uma vez da ação de sua simiesca malignidade. E, de fato, o destino que fecha o cerco sobre nós dois já o modificou e esmagou. Daqui a meia hora, quando eu mais uma vez e definitivamente voltar a assumir aquela odiosa personalidade, sei que vou me sentar em minha cadeira, tremendo e chorando, ou vou continuar, com o êxtase mais tenso e apavorado, a andar de um lado para o outro nesta sala (meu último refúgio na terra), os ouvidos aguçados a qualquer sinal de ameaça. Será que Hyde morrerá no cadafalso? Ou terá a coragem de se libertar no último instante? Só Deus sabe, e eu não me importo. Esta é a verdadeira hora de minha morte, e o que há de se seguir concerne a um outro, não a mim. Aqui, então, enquanto ponho de lado a pena e selo minha confissão, a vida do infeliz Henry Jekyll chega ao fim.

sobre o autor

Robert Louis Stevenson nasceu na Escócia, em 1850. Começou seus estudos em engenharia, tendo em seguida mudado para o curso de direito. Logo, no entanto, ele saberia que se dedicaria à escrita. Além de *O médico e o monstro*, publicado originalmente em 1886, Stevenson escreveu *A ilha do tesouro*, *As aventuras de David Balfour* e outras obras que figuram entre romance, poesia, ensaio, peça e conto. Stevenson morreu em 1894.

Equipe editorial

Daniele Cajueiro

Ana Carla Sousa

Maria Cristina Antonio Jeronimo

Guilherme Bernardo

Adriana Torres

Mariana Elia

Mônica Surrage

Pedro Staite

Leandro Liporage

Maicon de Paula

Vinícius Louzada

Revisão

Marina Sant'Anna

Juliana Pitanga

Projeto gráfico e diagramação

Filigrana

Capa

Maquinaria Studio

Este livro foi impresso em 2016 para a Nova Fronteira.